「やめろっ!」

一切反応するまいと思っていたのに、声が漏れてしまった。

こんなふうに少しずつ自我を守れなくなり、堕ちていくのだろうか。

illustration by AMI OYAMADA

魅入《みい》られた虜囚《りょしゅう》

矢城米花
YONEKA YASHIRO

イラスト
小山田あみ
AMI OYAMADA

Lovers GREED

CONTENTS

✦本作品の内容は全てフィクションです。
実在の人物、団体、事件などにはいっさい関係ありません。

プロローグ

空中をゆらゆら揺れながら、触手《しょくしゅ》が近づいてくる。十本か二十本か、もっと多いか。

太短い幹《みき》から多数の触手が生《は》えた姿は、子供の頃に海で見たイソギンチャクによく似ている。横縞《よこじま》のある長い触手も、そっくりだ。

ただ、あの時のイソギンチャクは五百円玉ほどの大きさだった。棒でつつくと、くにょくにょ動くのが面白く、慌てたように砂の中へもぐろうとする姿は可愛らしくさえ見えた。だが今、自分の目の前にいる生物は、高さも横幅も二メートル以上ある。

桜井誠《さくらいまこと》は、壁に背中を貼り付け、恐怖に目を見開いて見つめた。

本体は動かないが、触手の伸びには制限がないのだろうか。部屋の反対側へと逃げても、触手の群れは明らかに桜井を追って伸びてくる。

（嘘《うそ》だ、こんなの……あり得ない）

膝《ひざ》ががくがく震える。

ＳＦやファンタジーの映画ではない。夢を見ているわけでもない。

新米とはいえ刑事巡査だから、普通のサラリーマンに比べれば修羅場《しゅらば》をくぐった回数は多いと思う。けれども怪物と同じ部屋に放り込まれては、どうすればいいのかわからなかった。衣服をすべて剝《は》ぎ取られて、自分は全裸だ。あの触手が体に届いたら、どんな真似《まね》をされるのだろうか。
『あれは、男の精液が大好きなんだ。養分になるから。被害者がどういう状況だったか、自分
自身で体験するといいよ、刑事さん』
閉じ込められる直前に聞いた言葉が、耳の奥で反響する。
(こんなこと、あり得ない。人を襲《おそ》う触手怪物なんて……あり得ない!!)
心の中で叫んだ時、触手の一本が桜井の足に巻きついた。
「いやだっ！　助けて……助けてください、警部!!」
叫んだあとでとまどった。なぜ、よりによってあの男を呼んでしまったのか。傲慢《ごうまん》でエキセ
ントリックで常識外れで、ペアを組まされたのが不運としか思えなかった相手なのに。
だがそれ以上、考えることはできなかった。足にからんだ触手に、部屋の中央へ引きずり寄
せられ、他の触手がいっせいに群がってくる。
「うぁあああっ！　やめっ……ん、んぅーっ!!」
桜井の悲鳴は、触手がうごめく濡《ぬ》れた音に掻《か》き消された。

発端《ほったん》は、半月前に起こったトラックとセダンの衝突事故だった。

セダンの運転手は自分の車が故障で動かなくなったと知ると、『会社に連絡する』と言って現場を離れ、そのまま戻ってこなかった。そして残された車のトランクから、バラバラに切断された遺体が見つかった。頭部に索条痕《さくじょうこん》が残っており、絞殺《こうさつ》されたものらしかった。

警察は色めき立った。

セダンは盗難車で手がかりはなかったが、死体には頭部も両手も残っており、人相《にんそう》や指紋から被害者の身元はすぐにわかると思われた。さほど難しい事件ではない——そういう考え方が支配的だった。ただ、検死を行ったベテランの監察医は、首を傾《かし》げた。

『なんだろう。何か不自然なんだ。普通の事件じゃないものを、無理に普通に見せようとしてるような感じだ。……それになぜバラバラ死体の中で、胴体《どうたい》だけを隠したんだ？』

見つかった遺体は頭部と上下肢《じょうかし》だけだった。

死体を分割する理由は大きく分けて二つある。一つは、処分の時に運び出すのを簡単にするためだ。しかし今回、死体は乗用車のトランクに入れられていたので、この理由は該当しない。残る理由は死体を身元不明にするためだが、それならば指紋と顔を隠すはずであり、胴体だけを別にしても意味はない。

『何かが変だ。普通の死体遺棄や殺人じゃない。何か、異常な……とんでもないことが隠されてるような気がするよ』
だが監察医の呟《つぶや》きは、捜査関係者の士気を下げるものとして黙殺《もくさつ》された。

バラバラ殺人事件は所轄のS署に捜査本部が置かれ、本庁との合同捜査が行われることになった。

捜査会議を前に、桜井誠は人数分の茶を準備していた。先月の初めにS署の刑事課強行犯係に配属されたばかりの新米なので、お茶汲みなどの雑用はすべて桜井の役目だ。警視庁からの捜査班とS署の刑事課強行犯係での合同捜査で数が多い。湯呑みが載《の》ったトレーを手に廊下を歩いたが、茶が揺れて今にもこぼれそうだ。

(給湯室、会議室の隣にしてくれればいいのに……)

湯呑みに気を取られていた桜井は、前方にまったく注意を向けていなかった。

影が差したのに気づいて視線を上げた時にはもう遅い。一メートルもあいていない距離に、人が来ていた。

(まずいっ!)

咄嗟《とっさ》に桜井は、トレーを胸に引きつけつつ、相手に背を向ける形で反転した。その勢いで湯呑みがトレーの上をすべり、宙に浮く。

「……熱っ!」

肩口から胸に、茶が飛んだ。熱さに思わず手を離したため、腰から足にも熱い茶がかかった。床に落ちたトレーが派手な音をたて、湯呑みが割れる。

「あっ、つ……し、しまった……」

桜井は床に膝をつき、破片をトレーに載せ始めた。熱い茶をかぶったワイシャツ生地《きじ》が肌に貼り付き、ひりひりと痛む。

「おい」

夢中で破片を拾っていた桜井は、声をかけられて我に返った。ぶつかりそうになった相手には火傷《やけど》をさせていないだろうか。

「す、すみません！　だい……」

大丈夫ですか、と言う前に桜井の言葉は途切れた。男が桜井の腕をつかんで引きずり起こしたのだ。無理な引っ張り上げ方をされ、肩に痛みが走った。

「ちょっ……」

うろたえた時、男の手は桜井の腕から離れて、ワイシャツの胸元をつかんだ。左右に勢いよく引く。ボタンがちぎれ飛び、縫い目が裂《さ》ける音が鳴った。

「なっ……何をする⁉」

声がうわずった。異常な事態に頭が付いていかない。警察署の廊下で、見知らぬ男にいきなりワイシャツをはだけられるなど、想像したこともなかった。

だが返ってきたのは謝罪の言葉ではなかった。

「馬鹿。服に熱湯がかかったら、すぐに脱げ。着たままだと、冷めるまでの間に皮膚のダメージが深くなる。水ぶくれになるぞ」

口調は冷たく高圧的だ。しかし、その声がいい。聞き惚《ほ》れずにはいられないほどの深みを持つ、バリトンだった。

高校では合唱部に入っていたから、美声を聞いた経験はきっと普通の人より多い。けれどもこれほど魅力的な声の持ち主はいなかった。濁《にご》りがなく、音楽的な響きを帯《お》びている。歌わせてもきっといい声だろうが、もしも耳元で囁《ささや》かれたら、背筋がぞくぞくするに違いない。

(こういうの、なんて言うんだったかな。何かいい言葉があったはずだけど……)

適切な形容を思いつけないまま、桜井はあらためて相手を見た。

年は三十を越えたかどうかというところだろう。

面長《おもなが》の顔に通った鼻筋、二枚目俳優といってもおかしくない怜悧《れいり》な容貌《ようぼう》だ。声から受けたイメージを裏切らない、整った顔だった。欠点は、温かみがないことか。長い眉と薄い唇が冷たい雰囲気を醸《かも》し出すうえ、銀縁《ぎんぶち》の眼鏡《めがね》は視線をやわらげるどころか、余計に鋭く見せる。

すっきりとした長身は、一見、細身にさえ思えるが、よく見れば肩幅の広さや胸板の厚みがわかる。充分に鍛《きた》え上げられた体だ。どう考えても警察関係者だ。

バラバラ殺人事件の捜査のため、警視庁から来た捜査員の一人に違いない。上等そうなスーツ生地の光沢や、傲然《ごうぜん》と胸を張った姿勢、何よりも威圧感あふれるオーラがキャリア組だと示している。警部か、もしかしたら警視クラスか。

「申し訳ありません！　お怪我はありませんでしたか⁉」

桜井は深々と頭を下げた。と、

「そんな間抜けじゃない。だいたい、貴様が前をよく見て歩かないのが悪い」

「……っ！」

叱責の言葉と同時に、バインダーで頭をはたかれた。形だけの叩き方ではない。最敬礼していた桜井が、つんのめって床に手を突くほどの力だった。じんじんする後頭部を押さえて顔を上げた桜井に、冷ややかな視線を投げて男は言葉を継いだ。

「お前がよそ見をしていたせいで、危うくこっちが火傷をするところだった。さっさと片付けろ。それにいつまでも半裸でうろつくな。露出狂《ろしゅつきょう》か、お前は。ここをどこだと思っている、警察署の廊下だぞ」

さっき感じたとおり、声はいい。歌手になっても声優でも、熱狂的なファンがつきそうな声だと思う。しかし喋る内容は、その魅力を打ち消してお釣りが来るほど、最悪だ。

(半裸でうろつくなって……自分が破ったくせに。それにぶつかりかけた時、そっちだってよそ見してたじゃないか)

ぶつかる寸前に視界をよぎった姿を思い出すと、確かに、さっき自分の頭を殴った資料を読みながら歩いていたと思う。よそ見をしていたというならお互いさまだ。おまけにボタンが飛んでしまったせいで、もうこのシャツは着られない。火傷が重くなるのを防ぐにしても、口で注意するとか、もっと穏便《おんびん》なやりようがあったのではないか。しかし警察は階級社会だ。上に逆らうことは許されない。

桜井は「申し訳ありません」と繰り返して頭を下げた。それでも隠しきれない不満が顔ににじんだのだろうか。男が眉間《みけん》に軽く皺《しわ》を寄せて、尋ねてきた。

「名前と所属は？」

「桜井誠、S署捜査課強行班係所属、巡査であります」

相手も名乗ってくれるかと思ったら、男は表情を変えずに頷《うなず》いただけで、もう一度バインダーで桜井の頭を叩いた。さっきのような重い一撃ではなく、今度は手加減しているようだったが、不愉快なのに変わりはない。

「捜査会議にはまともな格好で来い」

それだけ言って、男は立ち去っていった。

（まともな格好ってなんだ。自分が破っておいて。口頭での注意だったら、自分でちゃんと脱いだんだ。いくら火傷を防ぐにしても……でも、捜査会議と言った）

やはり本庁からの捜査員らしい。

（偉そうな態度だし、きっとキャリア組だ。接点がないし、もう気にしないでおこう）

それよりも散らかった廊下の後始末と、会議用の茶の用意と、自分の着替えだ。どれも急がなければならない。のんびりしている暇はなかった。

（やっぱり、本庁キャリア組だった……）

　会議室の一番末席で、桜井はずり落ちてくるシャツの袖《そで》を引っ張り上げた。濡れたズボンは水気を拭いて我慢したが、ボタンが飛び、袖付けがちぎれたシャツはどうしようもない。先輩が張り込みに備えてロッカーに入れていた、予備のシャツを借りた。ただし中背で細身の桜井には、大きすぎて肩幅も袖丈《そでたけ》も合わず、下手をすると手が隠れてしまいそうになる。

　ずっと離れた上席では、あの男が捜査課長と並んで座り、資料を指さして何か話している。末席の桜井の方など、見もしない。

（東條尊之《とうじょうたかゆき》警部、か）

　捜査会議の最初に捜査課長から、本庁から来た人員について簡単な紹介があった。警視庁捜査課第六班、十一人の中に、あの男がいた。

　火傷の処置のためとはいえ、いきなり人の服を破ったり、その姿を変な格好と叱ったり、自分がよそ見していたのを棚に上げて桜井の頭をはたいたり、することが無茶苦茶だ。お偉方で自分勝手で暴力的ときては、厄介《やっかい》すぎる。いいのは声だけだ。もう関わりたくない。

（……こんなこと考えてる場合じゃない。会議に集中しないと）

　桜井は気を引き締め、検視官の話に耳を傾けた。

　検視官の説明によると、死因は絞殺、被害者の体が切断されたのは死後だろうとのことだった。

「……被害者の咽頭《いんとう》内から、五ミリ角の動物質の破片が出てきました。貝類と思われますが、種類の特定はできておりません。ハマグリやサザエ、トリ貝など、一般的な食用の貝類とは一致しないそうです」

死ぬ前に、何か食ったんだろう――という意見は出たものの、種類がわからないのでは料理の内容は特定できず、手がかりにもならない。鑑識の特定待ち、と決まった。

検視報告のあとはS署のベテラン巡査部長が、被害者の身元について報告を始めた。万引きの前科があったため、指紋照合ですぐに確認できたのだ。顔写真から最近の生活も知れた。中山《なかやま》伸也《しんや》という二十一歳のホストで、金に汚く、同僚に借りて返さなかったり、先輩ホストの上客を取って喧嘩になったこともあった。

それが一ヶ月前に突然店を辞めた。特に親しかった同僚にだけ、『もっと稼げる仕事に誘われた。うまくいったらお前も引っ張ってやる』と恩に着せる表情で漏らしたというが、それを最後に中山の消息は絶え、今回バラバラ死体となって見つかったわけだ。

ポリ袋に入れられていた死体は、洗ったのか拭《ぬぐ》ったのか、随分と綺麗《きれい》にされていて、普通なら付着しているはずの汗や埃《ほこり》などがなかった。服も靴もなく、どういう場所にいたかの痕跡《こんせき》が見つからない。

(残ってたものは、喉《のど》の奥の貝類だけか？　変な事件だ……)

今のところ、手がかりはない。目撃情報や、被害者の対人関係を調べて、動機や犯人を探ることになった。桜井はこっそり、本庁の捜査員に視線を走らせた。捜査には本庁と所轄署の捜査員一人ずつがコンビを組んで当たる。若手同士を組ませたのでは話にならないから、自分が

組むのはきっと本庁組の中でも経験豊かな年配の人だろう。

誰と組むのかと思い、本庁組の顔をこっそり見回していたら、東條と視線がぶつかった。桜井は慌ててホワイトボードへ目を向けた。

(危ない、危ない。まあ、コンビを組まされることはないだろうけど)

年齢が四つか五つしか変わらないし、それ以前にキャリア組でS署捜査課長と同格の東條が足を使う捜査に出るわけがない。幹部陣として、自分達のような末端が拾ってきた情報を総合し、捜査方針を決めるのだろうと思った。

だがその時、東條警部が捜査課長に何か話しかけているのが見えた。

ごく小声のやり取りなので、末席の桜井にまでは聞こえない。しかし課長の視線が自分に流れるのはわかった。そのあと東條に苦笑を向けて何か言い、首を横に振っている。

(なんだ？　なぜこっちを見てるんだ……まさか、な？　まさか、あり得ない)

予感は的中し、桜井は東條と組んで、聞き込みに当たることになった。

(……なぜ？　どういう理由で？)

溜息《ためいき》しか出てこない。東條のようなエリートは、捜査本部で報告を受けるだけだと思っていたし、実地捜査に出るにしても、二十四歳の自分と三十歳の東條という若手同士の組み合わせがそもそもおかしい。

「課長、やっぱりこんな組み合わせは無理だと思います。警部には、もっとベテランの先輩と組んでいただいた方が……」

東條本人に訴える勇気はない。というか、廊下でぶつかりかけた時のことを思い出すと、本人に言っても無駄だろう。強行班に似合わず、温厚で人当たりがよく、人情派と言われている課長なら、東條警部に交渉してくれないかと願って、訴えた。しかしもちろん、無駄だった。

「仕方がないだろう。警部からのご指名だ」

「え？　なぜ……」

「わからん。どんな奴かと訊《き》かれたから、つい『とても普通』と正直に答えてしまった」

「……」

「いや、もちろんそれだけじゃ素っ気ないから、フォローしたぞ。『やればできるが、どうやればいいのかをなかなか自分で思いつけないらしい。教えたことはどうにかこうにかこなす』と言っておいた。……ほんとにお前、しっかりしろよ？　やればできるんだからな」

なんのフォローにもなっていないが、思い当たることばかりで抗弁《こうべん》のしようがなかった。課長が今更ながら不思議だという顔で、首をひねる。

「本当になあ。どこを見込んでお前を指名してきたんだろう」

廊下でぶつかりかけて、シャツを破られたことは言えない。せめて予備知識を得たくて、尋ねてみた。

「東條警部は、どういう方なんですか」

「俺もよくは知らないが、変わり者という評判だ」

東大卒で国家公務員上級職試験に合格したキャリア組だから、三十歳なら警視になっていてもおかしくない。それがまだ警部なのは、大学卒業後に四年間、海外の研究所で働き、そのあと帰国して警察に入ったためらしい。エキセントリックな性格は、元研究者という経歴のせいか。

「頭がいいし勘も働くから、手柄を立ててはいるが、常識がないというか、慣例が通じないというか……鋭いのに、どこかピントがずれていると聞いた」

それは納得がいく。たとえ火傷の危険を防ぐためだとしても、常識人は初対面の相手のシャツを廊下で破いたりはしないだろう。

「切れる人なのは確からしい。お前にとっていい経験になるだろう。ドジを踏んで警部の足を引っ張るなよ。いいな？　な？」

「はい……」

どうしようもない。その日から桜井は東條警部に付き従って、聞き込みに回ることになった。

対象は中山がホストをしていた時の顧客だ。

けれども被害者は女性客から金を搾《しぼ》り取ることにばかり熱心で、自分のことは嘘で固めた話しか聞かせなかったらしい。店を辞めてどうするかは一切喋っておらず、役に立つような情報は得られなかった。

ただ一つ、東條警部が食いついた情報があった。女客の一人が、『シンヤ以外にも行方をくらまして、連絡が取れないホストがいる』と漏《も》らしたのだ。

聞き込み相手のマンションを出たあと、東條はその行方不明者を調べると言い出した。

「関係があると、お考えなんですか？」

桜井が尋ねたのは、水商売では辞めたり新しく入ったりと、人の出入りが激しいのが当たり前だからだ。偽名や年齢詐称《さしょう》も珍しくないし、本当に行方不明かどうかは判断が難しい。本気で追跡するとなれば、S署管内だけで片付く話ではない。

「そうでなければ調べない」

「どういう関連で……」

「お前に教えてやる必要が出てくれば、こちらから説明する。黙って運転に集中しろ」

説明をしないにしても、もう少し言い方がありそうなものだ。

(長所は声だけだ、本当に)

行動を共にするほど、反感が強くなる。

消えたというホストの住まいは、安っぽい賃貸マンションだった。部屋の前に行って桜井がインターホンを押したが、ドアの中に人の気配は感じられない。留守のようだ。どうすべきかと背後の東條を振り返った時、隣の部屋でドアロックを外す音がした。

出てきたのは豹柄《ひょうがら》のワンピースに真っ赤なタイツ、頭にはショッキングピンクのヘアバンドを巻いた女性だ。隣人なら何か知っているかと、桜井は呼びかけた。

「すみません。お隣の村木《むらき》さんはお留守でしょうか。ご存じないですか」

振り向いた顔を見て、ぎょっとした。髭《ひげ》の剃《そ》り跡が青々とした中年男だった。

「あらぁ。お隣のことはアタシにはわからないのよ、お付き合いもないし。偶然廊下で顔を合わせる程度よ。でもそういえば、近頃はギターの音がしないわね。……いい男が二人も、なんの用かしらね。羨《うらや》ましいわぁ」

東條が警察手帳を出した。

「村木さんはある事件について、重要なことを目撃している可能性が高いのです。そのためお話を伺《うかが》いに来たのですが……いつ頃からお留守か、ご存じありませんか」

失踪《しっそう》と言えば話が大きくなってしまう。東條が目撃者への単なる聞き込みを装ったのは、そのためだろう。女装男は首を傾げた。

「さあ。でもそうね……ここ半月は物音や声を聞いてないわ。ハウスクリーニングの業者を呼んでたのは、ちょうどその頃だったかしら」

「ハウスクリーニング?」

「そうよ。作業着のお兄さん達がゴミを運び出してたのよ。若いくせに掃除のプロを頼むなんて、贅沢《ぜいたく》な真似をするって思ったから、よく覚えてるわ。今月最初の日曜だったわよ。……あの時以来、出入りしてる感じがないわね。もしかしてアレ、引っ越しだったの?」

尋ねられても、それは桜井にはわからない。「さあ……」と曖昧《あいまい》な返事をした桜井を、東條が促《うなが》した。

「留守なら仕方がない。次のところを当たろう」

「は、はい」

話が終わったと判断したのか、女装男はエレベーターホールへ歩いていった。次へ行くのなら自分達もエレベーターで降りるのだろうと思ったが、東條は反対側にある階段へと足を向ける。不思議に思いながらも、桜井はあとを追った。

女装男に声が聞こえない場所まで来てから、東條が足を止め、命じてきた。

「部屋の中を確認する。業者を呼んで、鍵を開けさせろ」

「ま、待ってください。いきなり業者って……」

「S署に鍵開けのできる奴がいるのか？　しかしまだ、捜査本部に諮《はか》って人員を出させるほどの物証がない。業者に壊させる方が簡単だ。消防にも鍵を開ける道具はあるだろうが、緊急性がないから無理だろう」

「旅行か何かで留守なだけだったら、どうするんですか。鍵を壊すなんて……」

「新しい鍵を付け直せばいいだろう。費用は俺が持つ。なんならもっとグレードの高い鍵に替えてやってもいい」

「部屋の中を見たいだけなら、管理人に言って鍵を借りましょう。あとからいくら上等の鍵を付けても、勝手に壊したら、普通は住人も大家も怒りますよ。警察がそんなことしたら大問題になります」

東條がとまどったような、奇妙な顔になった。

「普通は？　怒るか？」

「それは、そうだと思いますが……」

質問の意味がつかめない。きょとんとして見つめたら、珍しいことに東條の方から視線を逸《そ》らした。低く呟く。

「普通などわからない」

「え？」

わからないのはこっちだ。なんのことだろう。

（いや、比喩的表現か？　普通の常識に捕らわれるなっていう……いや、でも、鍵を壊しちゃまずいだろう。どういう意味なんだ？）

当惑する桜井に、いつもの傲慢《ごうまん》な表情に戻った東條が命じてきた。

「だったら管理人に連絡を取れ。急げ」

「はいっ」

桜井は急いで駆け出した。管理事務所は一階だ。

（いきなり『鍵を壊せ』はない。あり得ない。だけど、もし本当にここのホストも消えてるとしたら……警部は連続拉致《らち》事件だってわかってたんだろうか。いったい誰が？　若い女ならまだわかるけれど、男ばかりを攫《さら》って、何をしようとしているんだ？）

――その答えを自分の体で知る日が来るなど、この時の桜井は思いもしなかった。

東條の勘のとおり、ホストは本当に消えていた。本人だけでなく部屋の私物もだ。隣室の住人が見かけたというハウスクリーニング業者の仕業《しわざ》と思われたが、業者側に当たってみても当日あの部屋を掃除したという記録はなかった。よく似たユニフォームを着込んだ偽者だったらしい。

「犯人が手がかりを隠すため、拉致したあとで部屋を片付けたのかも知れないな」

東條はそう言った。

さらに他の署の管内を合わせると、十数人ほどの青年が行方不明になっていた。照会でわかったのは警察に捜索願《そうさくねがい》が出ている者だけなので、実際に消えた人数はもっと多いかも知れない。現にバラバラ死体の被害者は、誰からも捜索願など出されてはいなかった。

死亡した高齢者を生きているように見せかけて年金を騙《だま》し取ったり、幼児が虐待《ぎゃくたい》の果てに死亡したりする事件が続いたため、子供や老人の行方不明については、役所も警察も眼を光らせている。しかし青年の行方不明者に対しては、家族などから捜索願が出されない限り――いや、出されたとしても、はっきりした事件性がない限り、ろくな捜査はなされない。特に若い男が単独で姿を消しても、周囲の人間も警察も、『単なる放浪癖《ほうろうへき》かも』とか、『女ができて違う土地に移ったのだろう』ぐらいにしか思わないのが普通だ。

しかし捜査会議での東條は、一連の失踪について、『バラバラ死体も含めた連続拉致事件の可能性がある』と述べるにとどめた。

桜井としては腑《ふ》に落ちない。

（せっかく新しい展開の雰囲気だったのに。しかも東條警部がつかんだ手がかりじゃないか。なぜこの線で捜査しようと言わないいんだ？）

言いだした本人が強く主張しない以上、連続拉致事件という仮説はあくまで参考意見にしかならない。今までどおりにバラバラ殺人事件だけを、単独で扱う方針になった。

翌日、いつものように聞き込みに回るつもりで車の運転席に座った桜井は、後部座席の東條が命じてきた言葉に面食《めんく》らい、問い返した。

「警視庁へ行くんですか？」

「いちいち聞き返すな。公安の同期に頼んでおいた調査があるんだ」

公安といえば、過激派や諸外国のスパイ、あるいは危険な団体など、国家の安全を脅《おびや》かすような犯罪の摘発に当たっている。まさかこのタイミングで個人的な調査を頼み、桜井を運転手にして話を聞きに行くわけがない。

「例の、バラバラ死体に関すること……ですよね？」

「当然だ」

「組織犯罪だとお考えなんですか」

「連続拉致事件だからな。それも被害者は一人や二人じゃない。同時期に何人も消えているんだ、組織犯罪と考えるのが妥当だろう」

「でも警部は、捜査会議では『可能性にすぎない』と……」

「物証が少なすぎる。他の署に照会してさんざん調べたあげく、ひょっこりその男が『自分探しの旅に出ていました』などとほざいて出てきてみろ。捜査本部は大恥《おおはじ》をかくことになるぞ。まず容疑者の情報を集めてからだ」

警視庁に着き、東條に連れられて向かったのは応接室の一つだ。少し待っていると、二十代半ばの小柄な男性がノートパソコンを手にして入ってきた。キャリア組の雰囲気を感じ取り、桜井は立ち上がって直立不動の姿勢を取った。しかし東條は傲然と座ったままだ。

「久しぶりだな。資料は揃《そろ》ったか？　こいつは桜井、所轄の刑事で今は俺と組んでいる。運転手代わりだ」

「S署刑事課強行犯係、桜井誠刑事巡査であります」

しかし相手は桜井には目もくれず、嫌そうな顔で東條の真正面のソファに向かった。

「調べ物を頼むんだったら、もう少し日数に余裕を見たらどうなんだ」

「いやなら断ればいい」

「お前は本当にイヤな奴だ」

何か弱味を握られているとしか思えない表情で返事をして、腰を下ろす相手に、東條は片方の口元だけで笑った。馬鹿にしているとしか思えない笑い方だった。

「一日でできる範囲でいいと言った。……桜井、座れ。こいつは同期の光田《みつだ》。警部だ」

座っていいものかどうか迷ったが、光田警部は相変わらず桜井を無視している。表情から見て東條の方が立場が強いのだろう。居心地の悪い気分で、腰を下ろした。

光田警部がプリントアウトした資料を東條に渡した。

「カルト教団なんかに、なんの用なんだ？　一九九五年の再来なんて言うなよ」

「それほどのことじゃない。戒真幸福《かいしんこうふく》教団が関わっているというのは、今のところ俺の勘でしかないしな」

「お前の勘は馬鹿にできないんだ。……例の件、本当に片付いているんだろうな？」

「今のところは地下で冬眠している状態だ、安心しろ。何かきっかけがあれば、地上に出てくるかも知れないが」

「そんな言い方をされて安心できるか。くそ……教団について、現在わかっている情報だな」

「ほしいのはオフレコ扱いの情報だ。そうでなければメールですませている。わざわざ会いに来たのは、お前が話した痕跡を残さないためだ」

桜井は黙って警部二人の話を聞いていた。

東條が目を付けた戒真幸福教団は、カルト教団の一つだ。設立は戦後すぐだが、当時は拝《おが》み屋に毛が生えたレベルにすぎなかった。バブルがはじけた頃から勢力を伸ばしたものの、信者の数自体は少ない。質を選んで一般人は相手にせず、政財界の人間や、官庁関係に食い込んでいるらしい。警察内部にもシンパがいると考えていい、という話だった。

さらにこの教団の特徴は、暴力団が一般企業を装《よそお》うのと同様に、教団が表に出ないサークルやセミナーの形で個人情報を集めることだ。年齢や勤務先だけでなく、接触を重ねていけば年収や家族構成も調べることができる。カルト教団の主催と知らずに関わっている人間は、相当数に上るだろう。

そして教団の利益になると思われる者に接触し、信者になるよう勧誘していく。

東條がこの教団に目を付けたのも、バラバラ死体の被害者がトランクルームに預けていた荷物の中から、投資セミナーのパンフレットが見つかったのがきっかけだった。クッション代わりに丸めて荷物の隙間に詰めてあったのだ。さらに、桜井と東條がマンションを訪ねた失踪中のホストも、借金の無料相談を受けていた形跡があった。

セミナーも借金相談も、戒真幸福教団の系列にある団体が主催している。

「……よく知っていたもんだな、東條。主催者が同じならともかく、普通は両方の団体が教団系列だなんて気がつかないぞ」

「たまたま聞いたことがあった。俺を褒《ほ》めることに時間を使うより、さっさと情報を話せ」

同期に対してもこの調子かと、桜井は内心あきれた。社会的な協調性のかけらもない。

光田警部がますます不機嫌な顔で、話を続けた。

「戒真幸福教団は普通の宗教じゃない。道教の房中術《ぼうちゅうじゅつ》をベースにしている。……確証はつかめていないけれど、宗教儀式に名を借りた乱交パーティを開いているという噂《うわさ》がある」

「えっ⁉」

おとなしく聞いているだけのつもりだったが、乱交という言葉に驚いて大声を出してしまった。途端に東條に頭をこづかれた。

「お前は黙っていろ」

「す、すみません……びっくりして」

頭を下げた桜井にそれ以上構わず、東條は光田警部に問いかけた。

「房中術といえば、男女の性行為で不老長寿を得るとかいう、古代中国の思想だったな」

「それだけのことをするから、信者を厳選する必要が出てくるわけだ。餌《えさ》として、若くて綺麗な男女も信者に引き入れているらしい。媚薬《びやく》や幻覚剤も使っているという話だ」

「セックスを餌にすれば、地位や金のある連中を引き込めるだろうな。薬物まで使えばなおさらだ。……そこまでわかっていて、なぜ放置している？」

「今のところ、高級有閑層《ゆうかんそう》のお遊びレベルだ。国家の安全を脅かす兆候《ちょうこう》が認められない限り、公安は動かない。もっと危険で、早急に処置が必要な組織が他にたくさんあるからな」

「麻取《まとり》はどうなんだ。幻覚剤を使っているんだろう」

「他の大捕物《おおとりもの》で忙しかったから、その程度のことに構っている暇はなかったんじゃないか」

「ああ、光和《こうわ》カンパニーか」

黙って聞いていた桜井も、その名を聞いて思いだした。半年前に麻薬取締課が、地道な捜査の末に、東南アジアからの麻薬輸入ルートを叩きつぶし、暴力団、光和カンパニーを壊滅させたのだ。押収した麻薬は、末端価格にして十三億円を超えたという。

「教団が集会で幻覚剤を使っているというのは、今のところ噂の域を出ていない。それに、いわゆる脱法ドラッグかも知れないし、表立った被害も出ていないし」

「薬物方面からの手入れは無理、ということだな」

「信者が政財界に食い込んでいるしな。よほどの重大犯罪で、しかもしっかりした物証がないと無理だ。上から止められる」

　バラバラ殺人は重大犯罪ではないのだろうか。新米の桜井にはついていけない。

「教団の概要はこんなところだ。あと、施設についてだったな」

「そうだ。挙げた区域に、教団の関連施設はあるか？」

「教団直轄じゃないけど、傘下《さんか》の組織がM市の郊外に農業研究所を持っている」

　急に移った話についていけない。必死になって桜井は考えた。

（M市……M市……交通事故現場の場所が、長滝《ながたき》3の交差点から東よりで、例のセダンが確認された場所で、事故現場から一番遠いのは、山辺町《やまべまち》の信用金庫前にある、監視カメラ……）

　捜査会議で聞いた話を、思い出す。監視カメラの映像では、セダンは北東方向から来て南西へ進んでいた。つまり死体を乗せた車は、山辺町の北東側から来たことになる。すなわち、M市の方角だ。

（……そうか、それで東條警部は、教団の関連施設の有無を尋ねたのか）

　研究所といいながら、論文を出したり学会発表を行うわけではない。ただ、データを守るだの、放射性物質の漏出《ろうしゅつ》を防ぐだのという名目で、きわめて厳重な警備がなされており、人の出入りは少ないという。怪しげだが、それだけでは捜査対象にはできない。

「マルサの知り合いに訊いてみたら、向こうも教団に目を付けているらしい。それを知ってか、なかなか尻尾を出さないそうだが」

「宗教法人の脱税を押さえるのは、難しいだろうな」

「今のところ成果がないそうだ。ただ、ちょっと妙なことを言っていた。農業研究所には、今年に入ってからやたらと、水族館で使うような機器が持ち込まれているそうだ。淡水魚か、貝類を育てるのに使うような設備だとか」

また貝類か、と桜井は思った。検死で、バラバラ死体の喉の奥に、貝類と思われる生物の肉片が引っかかっていたという報告があったはずだ。

(貝類の生物と、若い男の連続失踪……どうつながるんだ?)

東條の方を見たが、何も言わない。自分と同じく思いつかないのか、あるいは思いついても今はまだ自分一人の胸に納めておくべきだと判断したのか。桜井にはわからなかった。

この日は、警視庁へ行って教団の話を聞いたこと以外には、進展はなかった。署を出たのは午後十一時過ぎだ。

(このまま帰っても食べる物がないな。何か買って帰ろう)

署の近くにある小さなスーパーが桜井の冷蔵庫代わりだ。売れ残りの焼き魚弁当と、明日の朝食にするパンとカフェオレを買い、店を出た。

(宗教団体が主催する乱交パーティに、幻覚剤、男ばかりの連続拉致。あげく、謎の貝類の養殖? どうつながるんだろう)

考えながら、一ブロック離れた駐車場へと歩いていた時だ。背後から小走りの足音が近づいてきたかと思うと、ハグされた。

「だーれだ？」

野太い声を裏返した作り声と吐息《といき》を耳にかけられ、桜井は悲鳴に近い声をあげた。

「だ、誰だっ⁉」

「やだぁ、驚かせちゃった？　ごめんなさいねぇ、美形の刑事さんと会えたから嬉しくって」

言葉の内容と、向き直って正面から見た顔で、思い出した。失踪したホストの部屋を訪ねた時、隣の部屋から出てきた中年男だ。相変わらず、女装姿だった。

「なぜ、こんなところにいるんですか。手を離してください」

「冷たいのねえ。お友達の家で遊んだ帰りよ。こんなところで会えるなんて運命かしら。思い出したのよぅ。隣の部屋のホストのこと。しょっちゅう訪ねてきた男達がいたのっ」

緊張が桜井の体を走った。

「どんな？　次に見たらわかりますか？」

「次に見たらどころか。どこの誰か思い出したから、教えようと思ったんじゃない。しかもそれだけじゃないの。アタシ、すごいことに気づいちゃったんだから」

「わかりました。少し待ってください。すぐ東條警部を呼びます」

二人きりで話を聞くのはまずい。あとで『刑事に暴行を受けた』などのでたらめを言って訴えられても、違うと証明するのが難しいからだ。

しかし女装男は嫌そうに首を横に振った。

「ええー？　ちょっと話すだけなんだから、わざわざ呼ばなくてもいいじゃない。それにアタシ、あの刑事さんは苦手なのよ。笑顔が作り物っぽいんだもの。ちょっと怖いわ。呼ぶならアタシ、帰るわよ」

放せと言ってもしつこく肩に乗せていた手を外し、女装男がきびすを返す。桜井は慌てた。せっかく手がかりがつかめそうなのに、何も話してもらえないまま帰られては大変だ。

「わかりました。自分が一人で伺います。教えてください」

「待ってよ。こんな道端で刑事さんと話してるのを人に見られちゃ、アタシが困るわ。かなり危ない奴らが犯人なのよ。ねえ、どこか、人目につかないところに行きましょうよ。ほら、あっちの児童公園なんかどう？」

ぐいぐいと桜井の肩を押しながら、女装男が囁いてきた。

「隣の男の子のところへ来てたの、福石組《ふくいしぐみ》の連中よ」

「え？　福石組って……暴力団の？」

予想もしなかった名を耳にして、桜井は当惑した。戒真幸福教団が連続拉致の犯人だと思っていたのだ。東條と本庁の警部との会話でも、まったく福石組の名は出なかった。

桜井を人気《ひとけ》のない暗い道へ誘導しながら、女装男は言葉を続けた。

「そう。福石組の構成員よ。それに以前、交通事故を起こした車のトランクから、バラバラ死体が出てきた事件があったでしょ？　あの殺された男の子も、アタシ、知ってるの。あの子も福石組と関係があったのよ」

「なんだって!?」

思わず声が高くなる。この女装男には、自分達がホストの失踪とバラバラ死体の事件を結びつけて考えていることは、話していなかったはずだ。それなのに二つの事件をつなげて話してくるということは、女装男が持っている情報は相当精度が高いのではなかろうか。

東條警部の推理に従い、カルト教団が青年達を拉致して何か行っているのだと思っていたが、今の情報で、いっぺんに話がひっくり返った。

「そうそう、それから、もっとすごい話があるのよ。耳貸して」

「な、なんですか?」

重大情報を次々と出されて、桜井の注意力は完全に女装男に向いていた。

「……っ!?」

不意に、物陰に隠れていた人影が飛び出してきた。一人ではない。背後にも気配がある。

「なっ……」

反射的に手を上げて防ごうとした。しかし上げかけた右手は、女装男にがっしりとつかまえられた。

桜井の視界が真っ暗になった。大きな袋を、頭からすっぽりとかぶせられたのだ。袋の裾《すそ》を外から絞《しぼ》られる。息が苦しくなるほどの力ではなく、袋と首を密着させる程度の絞り方だった。

(う……この、匂い……?)

袋の中に、揮発性の麻酔剤か何かを塗ってあったのだろうか。人工的な甘い匂いが鼻孔《びこう》に突き刺さってきた。体の力が抜ける。

「うまくやったでしょ。約束の礼金、忘れないでよ」

「あとだ、あと」

「誰にも喋るなよ」

女装男のはずんだ声と、知らない男達の話す声が聞こえる。女装男の話は罠《わな》だったのだ。自分の注意力を奪い、拉致するのが目的だった。これでは福石組の男を見たという話も、本当かどうかわからない。自分の気を引くためのでたらめだったのかもしれない。

霞《かす》む意識の中、両手を背後に回され、ガムテープのような物で拘束されるのを感じた。

（でも、どうして？）

自分を拉致してなんになるのだろう。不安に苛《さいな》まれつつ、桜井は意識を失った。


どん、と肩口を殴られた気がした。視界は真っ暗だ。

（なんだ？　何が……）

まず頭に浮かんだのは東條警部の顔だ。自分が何かミスをして、東條に資料の束《たば》で叩かれたのかと思った。しかし徐々に意識がはっきりしてきて、何が起こったかを思い出した。自分は失踪したホストの隣人に騙されて、不審者に襲われ、気を失ったのだ。

(冷静になれ、落ち着け。焦っても状況が悪くなるだけだ。とにかく自分がどうなっているのかを把握しないと)

手足を縛《しば》られ、目隠しをされている。口には枷《かせ》のような物を押し込まれているようだ。穴があいた中空ボールらしく、息はできるがまともに喋ることはできない。耳を澄ますと息遣《いきづか》いや、低い笑い声が聞こえてきた。何人かが自分を取り囲んでいる。

「こいつを苗床《なえどこ》にするのか？」

「先生がそう言ってた。条件が合うんだってよ」

「へへ……そいつは楽しみだ。お巡《まわ》りがあの化《ば》け物を見たら、どんな顔するかな」

苗床に化け物とはなんのことだろう。化け物というあだ名が付くほど、凶暴で魁偉《かいい》な男でもいるのだろうか。しかし『苗床』については、何なのか想像もつかない。

不安で無意識に身動きしてしまったらしく、男達の喋る口調が微妙に変わった。

「おい。目が覚めたんじゃないか、こいつ？」

「さっき投げ落としたからだろう。起こす手間が省けていい。さっさと吊るそうぜ」

言い交わす声のあと、引き起こされる。目隠しと口枷はそのままで、四肢《しし》を拘束するガムテープを剝がされた。けれど手足をつかまれているので、逃げ出すことはできない。

(なんだ？　どうする気だ……吊るす？　あっ……)

両手首を合わせて、頭上へ引き上げられる。ぎしぎしと軋《きし》み音をたてたのは、滑車か何かだろうか。このまま吊り上げられるのかと不安になったが、足は床から離れない。代わりに肩幅より二十センチほど広く開かされ、何かを足首にはめられた。枷のようだ。

「よし、これでいいだろう。先生を呼んでこいよ」

声のあと、ようやく桜井の目隠しが外された。あたりの様子を見ようとまぶたを開けたが、目隠しに慣れたため、眩《まぶ》しさに網膜《もうまく》が焼けるようだ。周囲の様子が見えるようになったのは、何度か瞬《まばた》きして目を慣らしたあとだった。

白い壁と天井が見えた。病院を思わせる質感だ。部屋の広さは、学校の教室ぐらいだろうか。家具調度品のたぐいは何もない。それどころか、窓もない。

その部屋の中央に置かれた奇妙な台に、自分は拘束されている。

大きな底板に、高鉄棒のような柱が二つ、数十センチの間隔をあけて立てられている。靴を脱がされた両足には枷がはめられ、床に埋め込まれた鉄環《てっかん》につながれていた。両手を縛ったロープは、頭上にある鉄棒のフックに引っかけられている。前にある高鉄棒にも同じようにフックが付いているが、こちらは何のために使うのか、よくわからない。

人の字の形に拘束された自分を取り囲んでいるのは、人相が悪くて体格のいい男四人だ。まんまと囚《とら》われ、無様な姿で拘束された自分を嘲笑《あざわら》っているらしい。

口枷があるので男達を制止することはできなかった。しかも口を閉じられないために唾液がたらたらとこぼれるのが、たまらなく恥ずかしい。

そのうち、電子ロックの作動音がして、自分を取り囲む連中と同じような雰囲気の男が入ってきた。その後ろに誰かいる。小柄なので、男が邪魔になってよく見えないが、白衣姿だ。おそらくあれが『先生』だろう。

（小さくて細身だな……金髪⁉　どこの国の……）

桜井は目をみはった。

男達が『先生』と呼んでいたので、腹の出っ張った中年男か、あるいは老人だろうと思っていた。しかし現れた白衣姿は、どう見積もっても二十四歳の自分より年下の男だった。

やわらかそうな金髪巻毛に、血の気の薄いなめらかな肌、金色の睫毛《まつげ》に縁取られた大きな緑色の瞳と、フランス人形に命を吹き込んだような美貌《びぼう》をしている。整った顔の中で、生意気そうにちょっと突き出した唇がアクセントになり、人形とは違う生き生きした美しさを作り上げていた。

だが透明感のある美貌と若さに似合わず、吊るされた桜井に向けた視線は氷点下の冷たさを帯びている。

「サクライ、マコト。あっさり引っかかって、ここまで来てくれてありがとう。聞きたいことがあるんだよね。……といっても、その格好じゃ喋れないか。話をするのに自己紹介ぐらいは必要だね。ボクはコリン・パーカー。コリンでいいよ」

日本語に不自由はないらしい。コリンの命令で、桜井の口枷が外された。

涎《よだれ》で濡れた口元が恥ずかしいけれど、両手を縛られていて拭うことはできない。だからといって顔をそむけては負けのような気がする。気迫だけでも負けまいと、にらみつけた。

「お前がボスか？　何のために自分を拉致し……うぐっ！」

言葉の途中で、背後から腰を蹴《け》られた。両手両足を固定されているため、逃げ場がない。まともに食らった。腰に鈍い痛みが走り、引っ張られる手首や足首に枷が食い込む。

コリンが軽く笑い、桜井の背後にいる男をたしなめた。

「乱暴なことをするものじゃない。事故があったらどうする？　刑事さんには、これから大事な役目があるんだ」

「すみません、そうでした。警察だと思うと、つい」

「扱いは丁寧にしないと。それに、捜査状況を話してもらわなきゃならないんだから」

「誰が、喋るかっ……」

「そうかな？　早く諦《あきら》めた方が得だと思うけど」

口調は親しげだが、緑の眼は笑っていない。桜井が唇を引き結んで返事をしないのも、一切気にしない様子で、コリンは言葉を継いだ。

「年齢二十四歳、男性、血液型がAのRh＋のNタイプ。中学生の時に急性虫垂炎《ちゅうすいえん》で手術を受けている。現在治療中の疾患はなし。イネ科植物の花粉でアレルギー鼻炎を生じる。煙草は吸わない、飲酒は宴会の時に付き合う程度で、はっきり言って酒には弱い。その他、特に習慣にしている嗜好品《しこうひん》はない。健康状態のデータはこれで合ってるね？」

「な、なぜ、そんなに詳しく……」

当惑が不安に変わる。中学生の時に虫垂炎になったことなど、今言われるまで忘れていた。

自分の記憶にも残っていないことを、なぜ知られているのか。

「刑事さんを招待した理由は二つあるんだ。だから調べさせてもらった。だけどまずは捜査本部がどこまでつかんでいるのか、教えてもらいたいな」

「何のことだか」

「しらばっくれても、時間と手間がかかるだけだよ。君が入ってるのは、バラバラ殺人事件の特捜部だろう？　どこまで捜査は進んでるわけ？」

「知りたがるということは、お前達が犯人だと白状しているのも同じだぞ」

「今更何を。拉致した時点で気づかれることは想定済みだよ。頭の回転が鈍いね、君」

切り返したつもりだったが、一笑に付された。コリンが桜井の周りをゆっくりと歩きながら言う。

「少しこっちも手の内をさらそうか。……君、本庁へ行って、公安の警部に会っただろう？」

「……っ……」

息を呑んだ桜井の脳裏を、あちこちの官公庁、そして警視庁にも教団のシンパがいるらしいという情報がよぎった。自分と東條の動きは筒抜《つつぬ》けだったらしい。

「君達が教えてもらったのは、戒真幸福教団のことだよね。なぜ目を付けたのかを聞きたいな」

これでわかった。

やはり東條の勘は正しかった。福石組は偽の手がかりでしかなかったのだ。犯人は教団だ。

「どんな証拠を持ってる？　まあ、教団と死体を結びつけたのが、君じゃないのはわかるけど。

君はタカユキ・トウジョウについて回ってるだけだろう。パシリっていうんだっけ？」

「そこまでいうなら、自分じゃなく警部に訊けばいい」

「トウジョウが君みたいに簡単につかまれば、苦労しないよ」

鼻で笑われた。事実なのが悔しい。しかしここが考えどころだ。

（こいつらは、刑事とわかっていて拉致した。しかも自分達は教団の関係者だと明かしたのも同然だ。捜査本部がどこまでつかんでいるかを喋ったとして……そのあと、解放してもらえるわけはない。きっと殺される）

想像すると背筋が寒くなり、胃の奥から吐き気が突き上げてくる。だが怯《おび》えた顔を見せて命《いのち》乞《ご》いしたところで無駄だということぐらいは、いくら新米刑事でもわかる。時間を稼ぐしかない。一時間、いや、ほんの一分の差で、自分が息の根を止められる前に警察の手が入って、助けてもらえるかも知れないのだ。

（それに証拠といっても……ほとんど東條警部の推理というか、思いつきだし）

被害者達の部屋に残っていたセミナーのパンフレットだけが物的証拠だ、などと言ったところで信じてはもらえないだろう。それなら何も言わない方がましだ。

黙っていると、男の一人が桜井の髪をつかんで引っ張った。

「さっさと言え」

「……知るか。お前達が今言ったとおり、ただのパシリなんだ。何も聞かされていない」

虚勢を張った桜井に向かい、コリンが面白がるように笑う。

「そうだよね。この程度であっさり喋っちゃ、刑事とは言えないよね。それじゃ、こっちもそれなりのことをさせてもらおうか」

コリンが桜井のそばを離れた。それが合図か、男達が動く。拘束された桜井の前に、スタンドに乗せたビデオカメラが設置された。背後でも、もう一台が同じようにセットされているらしい。さらに男の一人が、ハンディタイプのビデオカメラを構えた。

「な、何を……」

「記録だ、記録。ロングにアップ、画像だけじゃなく音声もバッチリ撮《と》っておいてやるから、安心しろ。どんなふうに撮れたか、あとでお前にも見せてやるよ。……さーて、刑事さんの身体検査記録の始まりだ」

笑いながら男はビデオカメラで、縛られて引き上げられている手から、桜井の顔、胴から足元まで、舐《な》めるように撮影していく。

「……っ……」

桜井の体がこわばった。もともと、旅行や遊びの時にスナップ写真を撮られるだけでも、緊張して表情が引きつるたちだ。こんなふうにじっくり映された経験はないし、状況が状況だけに不安はますます強くなる。

ビデオカメラを持った男が、後ろに下がった。代わりに進み出てきた男達は、ナイフや裁《た》ち鋏《ばさみ》を手にしている。どれもまだ新しいのか、青光りしていた。

(な、何をする気で……あぁっ！)

思わずこぼれそうになった悲鳴を飲み込んだのが、ぎりぎりのところだった。男達は桜井の衣服を無造作に切り裂《さ》き始めたのだ。

「何をびびってるんだ、刑事さんよ？」

「瞳孔開いてるんじゃねェのか、しっかりしろ。まだオープニングだぞ」

周囲からの嘲笑《ちょうしょう》に、生地が裂ける音が混じる。動揺すれば笑われるだけだとわかっていても、顔がこわばり息が荒くなった。

ジャケットはずたずたに裂かれて、すでに片袖《かたそで》しか残っていない。シャツも同じように、切り裂かれていく。すでに右の前身頃《まえみごろ》はちぎり取られて床に落ち、胸肌《むなはだ》がむき出しになっている。さらにベルトが引き抜かれて、ズボンを膝まで下ろされた。腿《もも》の素肌に空気が直接触れるのを感じた。

いくら男とはいえ、人前で胸と腿がむき出しになるのは、温泉かプールに行った時ぐらいだ。それなのに今の自分は、見知らぬ男達に囲まれ、拘束されて、衣服を脱がされている。

事態の異常さが、恐怖感となって肌を刺す。

表情に出すまい、許しを請《こ》うようなみっともない真似はするまい——そう自分に言い聞かせるけれど、心に湧き上がる不安は抑えきれない。

(いやだ、こんな……どうして……何をされるんだ、どうなるんだ？　いやだ……)

下ろされたズボンも、切り裂かれて脚から取り払われた。体に残った衣服は、紺のボクサーショーツと、右腕にまとわりついたジャケットの袖、同じく右袖と肩口、襟元《えりもと》だけになったずたずたのシャツ、ネクタイに左右のソックスだけだ。

次は下着を脱がされるのだと思った。だが、刃物を手にした男達が引き下がる。代わりにビデオカメラを持った男が桜井の真正面から近づいてきた。

「若いくせに地味なパンツをはいてるな。中高生じゃあるまいし。……中身も子供並みなんていうんじゃないだろうな？」

笑いながら、男はボクサーショーツのゴムに指をかけ、強く前へ引いた。

「！」

桜井は音をたてて息を内へ吸った。

ウエストゴムを引っ張ってできた隙間へ、男がビデオカメラを突っ込むようにして、レンズを向けたのだ。普通に脱がされて撮られる以上に、恥ずかしい場所を映されている実感が迫る。

さらに別の男が下着の中へ手を差し入れてきた。

「やめろっ！」

反射的に叫んで身をよじった。その反応が面白かったのか、笑声が湧く。

（しまった……声、出した）

一切反応するまいと思っていたのに、思わず声がこぼれてしまった。もう、沈黙を守りきることはできないだろう。こんなふうに少しずつ自我を守れなくなり、堕《お》ちていくのだろうか。

唇を噛《か》んでうなだれた桜井の耳に、笑いを含んだ声が聞こえた。

「やめてほしい？　じゃ、こちらの質問に答えてもらおうか」

離れた場所で、壁にもたれて立っているコリンだ。無様な桜井の姿を眺める眼は、何万年も前から凍《こお》りついたままの氷河を思わせるアイスグリーンだ。年下の相手から嘲笑われることへの悔しさがこみ上げてきて、桜井は口を引き結び、二度三度とかぶりを振った。

「……だってさ。続けて」

コリンの指示で、また男達が動く。

桜井の下着の中へ手を入れていた男が、肉茎《にくけい》をつまんで持ち上げた。

「ふにゃふにゃだな。……これが、桜井誠刑事巡査の×××でーす。剝《む》けてるけど、今は縮み上がっていて、役に立ちそうもありませーん。毛は薄めで、本人同様頼りない感じ」

揶揄《やゆ》する口調で言いつつ、肉茎をいじり回す。撮影係がビデオカメラのモニターをくるっとひっくり返して、桜井に向けた。映っている自分自身の肉茎を見てしまい、桜井は慌てて顔をそむけた。それでも全身が炙《あぶ》られたように熱くなる。

けれども別の男がそばへ来て、頭を両手で挟《はさ》んで押さえ、固定した。

「ちゃんと見ろよ。自分の×××の裏側なんか、見たことないだろうが。ほら、アップで映してやるから。それともいじって、勃《た》たせてやろうか？」

「触る、なっ……」

やはり、一度口を開いてしまうと耐えることができない。無駄だとわかっていても、男達を面白がらせるだけだと気づいていても、制止の言葉がこぼれてしまう。身をよじって逃れようとするが、手足を拘束されていてはどうにもならない。

ボクサーショーツに手を突っ込んだ男が、桜井の顔を見ながら肉茎の先端を撫《な》でた。

「気持ちいいか、刑事さんよ?」

「……変態」

桜井は思いきり顔をしかめて吐き捨てた。本心だった。ごつい男にいじられたところで、気持ち悪いだけだ。周囲の男達が笑う。

「あっさりつかまった新米刑事のくせに、気だけは強いみたいだぜ」

「いいじゃねェか。その方が面白い」

「そうか?　悠長《ゆうちょう》なことをしてるからつけ上がるんだ、さっさと剝いちまえ」

口々に言う男たちの声に触発されたらしい。男が桜井の肉茎をいじるのをやめ、ボクサーショーツに手をかけた。

「そうだな。オープンするか。×××だけじゃなく、ケツの穴も見せてもらわなきゃな」

「……っ!」

桜井は息を吞んだ。下着は一気に膝まで引き下ろされ、あらわになった肉茎を撮影係がじっくり映す。股間《こかん》だけでなく、カメラを上に向けて桜井の顔をも映している。目を閉じていても、映されているのははっきりわかった。無表情を装うつもりだったが、口の横がひくひく震えるのを感じる。恥ずかしい、悔しい、情けないという感情を殺しきれない。

(こんな……こんな場所を、ビデオに撮られて……)

もしこの画像がインターネットに流れたりしたら、自分はどうなってしまうのだろう。現職の警察官がこんな無様な姿をさらすなど、あってはならないことだ。居たたまれない思いに、眼の奥が熱くなる。

（泣くな。泣いたら、余計にみっともない。こんなの、大したことじゃない。ここがヤマだ。これ以上恥ずかしいことなんて、もうない。だから、これさえ我慢すれば……）

必死で自分に言い聞かせる間に、ボクサーショーツが刃物で切り裂かれ、脚から外された。ビデオカメラを持った男が、背後に回る気配がした。下着を脱がせた男は桜井の足元に回り、右足首の枷を外している。けれど右脚を自由にしてもらえるわけではなく、膝のすぐ上にロープがついた革ベルトを巻かれた。

「あっ……」

ロープを前の鉄棒に掛けて引かれ、右腿が水平以上になるまで上げられた。さらに、両手で尻肉をつかんで左右に広げられる。

「さーて、今度こそ自分じゃ見たことないだろ。結構綺麗な色してるよな、ああ？　こんなとこに黒子《ほくろ》が並んでるのも、ちょっとエロイし」

「や、やめ……っ……」

脚の間を後ろから前へ、ビデオカメラを持った手が動いて突き出てくる。

そのあと、顎《あご》をつかんで顔を固定され、ビデオカメラの再生映像を見せられた。男が嘲笑ったとおり、後孔《こうこう》や会陰《えいん》を自分で見たことなどない。一生、見たくなどなかった。

液晶画面には、わしづかみにされた双丘《そうきゅう》や、その谷間にある、緊張できつく締まった後孔が映っている。後孔と袋の間に小さな黒子が二つ並んでいることなど、今言われるまで知らなかった。カメラは袋を下から映し、頼りない茂みに囲まれた竿《さお》を捉えたあと、腹、胸、喉と上がっていく。

自分の顔が液晶画面に現れる前に、桜井はまぶたを閉じた。どんな顔をしているのか、実際に見るどころか想像するだけでも居たたまれない。

ついさっき、肉茎をいじられ映されて、『これ以上恥ずかしいことはない』と思ったけれど、甘かった。甘すぎた。双丘の肉をつかまれて広げられ、後孔を撮影される。

（このあと、どうなるんだ……？）

同性愛の傾向も経験もない。しかし刑事として、性犯罪の資料は見た。少年がレイプされた事件や、集団での暴行がエスカレートして後孔にコーラ壜《びん》や石ころを押し込まれて負傷した事件もあった。男に強姦罪《ごうかんざい》は適用されないから、どれも傷害事件扱いだ。けれども後孔に異物や牡《おす》をねじ込まれることが、単に殴られたり刃物で切られたりするのと同列でないことは、理解できた。

（いやだ……もういやだ。どうしてこんなことに……）

心の中で呻《うめ》いたのが聞こえたわけでもないだろうに、またコリンが問いかけてくる。

「そろそろ気が変わった？　こっちがほしい情報を寄こすなら、やめてあげるよ？」

「……っ……」

やめてほしい。今すぐビデオカメラを止め、拘束を解いて服を着せてほしい。家に帰りたい。

テレビをぼんやり眺めつつ、安売りの弁当を温めて食べる暮らしに戻れるなら、どんなにいいだろう。被害者の部屋にパンフレットが残っていたことを教えるぐらい、別に構わないのではないか——首を折ってうなだれるのに近い動きで、桜井は頷きかけた。しかしその瞬間、

『馬鹿が』

東條の声が耳の奥で反響した。

ハッとして顔を上げ周囲を見回したが、もちろん東條警部の姿はない。幻聴《げんちょう》だ。しかし幻《まぼろし》であっても、東條の声には揺らぎかけた桜井の心を張り飛ばして正気《しょうき》に返すだけの力があった。

勢いよく頭を上げ、桜井は首を横に振った。声も出た。

「言えば、殺す気のくせに」

口にしてから、自分でもはっきりとわかった。捜査状況を白状すれば、淫《みだ》らな辱《はずかし》めはやめてもらえるかもしれない。だが絶対に解放してはもらえない。殺される。沈黙を守り通すのが、自分が生き延びる唯一の道なのだ。——それ以上に、東條に蔑《さげす》まれたくない。

「僕は何も知らない。警部に引きずり回されていただけなんだ」

コリンがわざとらしく両手を広げ、肩をすくめた。

「そういう態度なら、仕方ないね」

桜井の尻肉をつかんだ男が、おもねる口調でコリンに話しかける。

「先生、少し俺達でいたぶってやりましょうか？　刑事といっても、簡単に拉致されるような素人同然の奴ですよ。軽く突っ込んでやれば、気が変わるでしょう」

「犯《や》りたいの？　……まあ、この刑事さんならみんな楽しめそうだとは思うけどね。いじめたい気分を刺激するタイプだし、見た目も悪くないし」

男達が追従笑《ついしょうわら》いを浮かべて頷いた。

「そりゃもう。こいつ、二丁目へ行っても余裕で稼げそうなツラをしてますから」

「ホストやフリーターとは違って、警察ってだけで気合いが入りますよ。ヒイヒイ泣きわめかせてやったら、どんなに楽しいか」

目の前に当人がいるというのに、好き勝手なことを喋っている。さらに一人が言い出した。

「こいつ、本庁の警部のパシリなんでしょう。さっきの画像をその警部に送りつけて、情報を渡すように言ったら、何か動きが出るんじゃないですか？」

桜井の心臓が大きく跳《は》ねた。もしそんなことをされたら、『馬鹿』と罵《ののし》られるくらいのことではすまない。

けれどコリンは尖《とが》った声で、男の提案を一蹴《いっしゅう》した。

「だめだ。こいつは無能でも、トウジョウを舐めてかかるとひどい目に遭《あ》う」

桜井は当惑した。コリンは東條を知っているのだろうか。評判を聞いたという口振りではなく、直接面識があるように聞こえる。

「言っておくが、奴と交渉する時はボクがやる。絶対に勝手な真似をするなよ。もしやったら、お前を苗床にしてやる」

高飛車な言い方に男達が鼻白《はなじろ》む。コリンが口角《こうかく》を上げて笑った。

「冗談だよ。それに苗床の有資格者は二十代半ばまでだから、どっちみち無理だ。……この刑事さんならギリギリいけるけどね。これから苗床になってもらうから、あとはいつものようにみんなで処理を頼むよ。好きなようにして構わない」

男達の視線が桜井の裸身に向く。欲望を刺激されたか、皆の顔に淫らな笑いが浮かんだ。

（……やっぱり、レイプされるのか？　でも『苗床』って……）

さっきも聞いた言葉だ。いったい自分は何をされるのだろう。

「じゃ、連れていって。ボクは資料を整理してから行く」

コリンの言葉が合図になった。

男達が桜井の拘束を外しにかかる。しかし数人がかりで手足を押さえながらなので、逃げ出す隙はなかった。脚は自由にしてもらえたが、両手は背中に回されて手枷をはめられた。その格好で部屋から連れ出される。もちろん股間や尻を隠すことはできない。

エレベーターに乗せられ、さらに下の階へ連れていかれた。ホールへ出て短い通路を歩いた突き当たりに、倉庫を思わせるスチールのスライドドアがある。男の一人がカードキーで電子ロックを開けた。その間に別の男が、桜井の手枷を外す。ドアが開いた。

「ほら、着いたぞ」

男の一人が、桜井を中へ向かって突き飛ばす。受け身を取る余裕はなかった。まともに床へ転んだ桜井を残し、男達はドアを閉めてしまった。

枷のせいでしびれた手首をさすりつつ、桜井は起き上がって周囲を見回した。

（ずいぶん平べったい……ていうか、奥行きの狭い部屋だな。それに蒸し暑い……）

窓がない部屋は異様に温度と湿度が高く、じっとしていても肌に汗がにじむ。間口は十メートルぐらいか。そのくせ奥行きは二メートル半たらず、バランスの悪い造りだ。しかしよく見ると、奥の壁だけは質感が違う。ただの間仕切りで、あれを開けるともっと奥に部屋が続いているのではないだろうか。

一人きりにされて、これからどうなるのか。背筋がざわざわするような不安が湧き上がる。低い電動音とともに奥の壁が上がり始めた。やはり可動式の仕切りだったらしい。奥は暗くて、様子がよくわからない。向こう側の温度が高かったらしく、むわっとするような熱気が押し寄せてくる。

仕切りが完全に天井へと消え、奥の空間にライトが点《つ》いた。間口も奥行きも十メートル近くある、正方形に近い部屋に変わった。眩しさに桜井は目を細め、片手を額《ひたい》にかざして、何があるのかを見定めようとした。

壁の一方に大きなガラス窓があり、そこからコリン達がこちらを見ている。まるで動物園の動物になった気分で不愉快だし、不安だ。しかしそれ以上に桜井の注意を引いたのは、奥の隅に生えている奇妙な木だった。

（なんだ、あれ……作り物か？）

そうとしか思えなかった。

最初は木かと思ったが、桜井が知るどんな木とも姿が違う。

高さは二メートルほどか。一見、触手を四方八方へ伸ばした、イソギンチャクを思わせる形だ。翡翠《ひすい》を思わせる半透明な深緑色が美しい。ただ、植物と違って全体がてらてらと濡れ光っているので、海草の一種のようにも見える。

綺麗な見た目なのに、全体にひどく禍々《まがまが》しい雰囲気が漂っているのはなぜだろう。

「なんだ、この木……」

呟いた時、天井のスピーカーから、笑いを含んだコリンの声がした。

「なんだと思う？　それ、植物じゃなくて動物なんだよ。イソギンチャクやサンゴと同じようなものだよ」

「え、サンゴは植物じゃないのか？」

思わず漏れた呟きに返ってきたのは、侮蔑《ぶべつ》がにじんだ溜息だ。

「素人じゃ、その程度の知識でも仕方ないか。まあいいや。サンゴやイソギンチャクのほとんどは、岩に根を生やして動かずにいて、海流に乗って運ばれてくるプランクトンなどをつかまえて食べる。ただ、君の目の前にいる、アンティパチェス・ラクテリマリス。姿はイソギンチャクに似てるけど、種族的にはまったく違うんだ。殻のない貝類……ウミウシなんかの同類にあたる。水中じゃなく、湿気の多い密林地帯の生物だよ」

殻のない貝類、という言葉が桜井の耳に残る。バラバラ殺人の被害者の喉に残っていた、種類がわからない貝類の破片。研究所が購入したという、水族館のような設備――すべてが、この不気味なイソギンチャクもどきを指していたのだろうか。

だが次の言葉で、バラバラ死体との関わりを考えるどころではなくなった。

「それ、肉食だから」

「なっ……」

動かない木のような生物が、どうやって動物を食べるのか想像もつかない。だが、まさかこの状況で嘘を言いもしないだろう。

「もしや……僕を拉致したのは、この化け物に食わせるためか……？」

言葉にしたことで恐怖がさらに増す。コリンの笑い声が聞こえた。

「さあ、どうなるかな。一応、別の役目を期待しているんだ。今まで成功した連中と、健康状態に共通点が多いから。ただ、苗床の条件はまだ充分に解明されていないんだ。どうなるかはわからない。もし苗床になれずに食われたら、運が悪かったと諦めるんだね」

「苗床って……」

ここへ連れてこられてから、何度か聞いた言葉だ。どういう意味だろう。

「そう。成功したら生き残れる。失敗したら食い殺される。被害者がどういう状況だったか、よくわかると思うよ、刑事さん」

「な、なんのために、こんなものを飼っている？」

できる限り距離を取ろうと壁に背中を貼り付けて、桜井は呻いた。小馬鹿にしたような声がスピーカーから降ってくる。

「利益があるからに決まってる。まあ、どういうことか自分で体験してみるといいよ。最大の特徴は人間を――それも若い男を、獲物にすることだ」

「なんだって⁉」

「それは男の精液が大好きなんだ。養分になるから。……たっぷり搾《しぼ》り取ってくれるよ。病《や》みつきになって、触手責めなしじゃイけない体にならないよう、気をつけるんだね。それも、生きていられればの話だけど」

言葉の終わりに、空気が噴き出すような音が重なった。天井の通風口から、かすかな刺激臭を含んだガスが、この部屋へ送り込まれた。毒ガスかと桜井は怯えたが、ごく少量だったらしく、送風音はすぐにやんだ。代わりに、ぴちゃぴちゃと濡れた音が鳴り始める。

「なっ……」

桜井は目をみはった。怪物が動き始めたのだ。ガスは怪物を刺激して覚醒させるためのものだったらしい。

切り株のような根元の部分は動かない。上部の何十本にも分かれた枝のような部分がうごめいている。木かサンゴの枝のような硬い物に見えたのに、くねるたびに枝は柔軟さを得て、ねじれ、丸まり、一瞬で伸びて、宙を踊る。タコやイカの足、あるいはイソギンチャクの触手を思わせる、柔軟で不気味な動きだ。

（こ、こっちを、見た……？）

宙をふらふらと漂っていた触手の先が、桜井の方に向いて――ぴくんと跳ねた。その動きが他の触手にも伝わっていった。すべての触手が、一点を指す。

（見つかった……!!）

怪物に目や鼻があるのか、あるいは人間とはまったく別の感覚器官を使っているのか。なんであれ、怪物は自分の存在に気づいたのだと、桜井は直感的に悟った。恐怖に膝ががくがく震えだした。背中も尻も、ぴったりと壁について、これ以上後ろには下がれない。なすすべもなく、迫り来る触手の群れを見つめていた時だった。

「……っ⁉」

足に、生温くてぬるぬるした感触が巻き付いた。強く引かれた。触手の表面を濡らす液はどういう成分なのか、ぬめるのに、すべらない。

「いやだっ！　助けて……助けてください、警部!!」

叫んだが、もちろん助けなど来ない。怪物の方へと引きずり寄せられた。

他の触手も桜井に襲いかかってきた。もう片方の足に、左右の腕に、腰や首にもからむ。水道ホースぐらいの太さだが、もっとずっとやわらかい。それが何重にもくるくる巻き付くと、もう身動きできなかった。

「やめろ、何をっ……うぁあああーっ!!」

体が宙に浮いた。手足を広げた大の字の格好で高々と持ち上げられる。怪物だけでなく人間にまで、この恥ずかしい姿を見られていると思うと、羞恥《しゅうち》と屈辱感で心臓が破れそうだ。息が苦しく、呼吸というより喘《あえ》ぎになってしまう。

天井のスピーカーから複数の笑い声が聞こえた。無様な自分の姿を見て、コリンや男達が嘲っているのだろう。だが触手に囚われていてはどうすることもできない。この先自分は何をされるのか、不安ばかりが胸に渦巻く。

宙に浮いた桜井に向かって、新たな触手が数本伸びてきた。手足に巻き付いている触手に比べると太い。半透明で、どうやら筒状になっているようだ。

（い、いったい、あれを、どうする気だ……）

蚊《か》が人の血を吸うように、あの触手を自分の体に突き刺して体液を吸うのだろうか。あるいは、蜘蛛《くも》が消化液を口から出して獲物を溶かしてから、その溶解液をすするのと似たシステムで、自分を生かしたまま溶かすのだろうか。

だがその時、棒状に見えた触手が変形した。

「!?」

平べったい形を筒のように巻いていたらしい。ぺらっと広がった。細かい疣《いぼ》がびっしり生えた内側がむき出しになった。肉ブラシというか、昆布のような巨大な舌というのが近いかも知れない。表面は粘液に濡れている。

それが、桜井の体を撫で回し始めた。

「やめろっ！　あっ……ひ、ぁっ……よせ、やめてく……!!　ひはぁっ！　ふ……」

くすぐったさに、拘束された体がくねり悶《もだ》える。何枚もの舌に裸身をこすり回され、ぞわぞわする。むず痒《がゆ》くて、何度も息が詰まった。

腰や胸や腹、腿などの、普通に感じやすいといわれる場所だけでなく、ふくらはぎや足首、掌《てのひら》のような場所まで、くまなく舐め回される。膝裏やうなじをこすられ、指の股をくすぐられて、こんな場所からも快感が生まれるのだと思い知らされる。

「気持ちいい？　でもそれ、ただ単に君を喜ばせているわけじゃないんだよ」

「よ、喜んでなんかっ……ぁ、ひぃ！　やっ、そ、そこは……っ!!」

コリンに言い返そうとした時、股の間から尻、腰へと舐め上げられた。腿の裏側、特に付け根の部分を肉疣にこすられた瞬間、腰砕けになって力が抜ける。触手に宙吊りにされていなければ、きっと倒れ込んだに違いない。

それなのに、舌は執拗《しつよう》に桜井の内腿から双丘にかけて何度も舐め上げ、舐め下ろす。細くなっている先の部分は、双丘の谷間にまで入り込んできた。胸や脇も舐められているが、今はどうでもよかった。下半身に何をされるのかという不安が強い。

「あっ、あぁ……何？　何、を……」

「喜ばせるためじゃないって言っただろ。君の体を調べているんだ。食い殺されるか、生かしておいてもらえるか、ここで決まるから。でも殺されるとしても、その前にいい思いはさせてもらえるよ。たっぷり楽しむといい」

笑いを含んだ声のあと、ぷつっと通信を切る音が聞こえた。これ以上は喋らないというつもりらしい。だがそれを気にする余裕はなかった。

舐め回されているのは、体の後ろ側だけではない。前を這《は》う巨大な舌は、桜井の肉茎を包み込むようにして、肉疣でこすり立ててくる。以前、暴行致死の容疑者の部屋で見た、オナホールが脳裏をよぎった。半透明なふにゃふにゃした樹脂製で、今自分を嬲《なぶ》っている舌と同じように、内側には疣がびっしり生えていた。実物を見たのは初めてでつい凝視してしまい、気づいた先輩刑事から笑われて恥ずかしい思いをしたが――。

(こんな……こんな感じなのか、あれは……?)

肉ブラシに包まれ、こすられる。自分自身の手でマスターベーションするのとは比較にならない刺激だ。だがオナホールは自発的に動いたりはしないだろう。自分を嬲る肉ブラシは、勝手にうごめき、桜井の弱い部分を責め立てる。竿をこするだけでなく、袋までも舐め上げ、時には巻き付いて締め、こする。

(いやだ。こんな化け物に触られて、感じるなんて……)

怪物に対する嫌悪と恐怖は確かにあるのに、肉茎だけは別の生き物のように、ぬらつく疣の刺激に反応して、熱を帯びて硬くなる。

(あっ、ぁ……勃ってきてる。馬鹿な……こんな、恥ずかしい目に遭ってるのに……)

いやで、気持ち悪くてたまらないのに、生きたオナホールに包み込まれてこすられる肉茎は硬くそそり立ち、びくびくと震えている。

(もういやだ、どうして……あぁっ!! やめろ、そんなっ!)

桜井の昂《たか》ぶりを包み込んだ触手が、尿道口に肉疣を出し入れし始めた。

外から物を入れることなど、あり得ない場所だ。肉に細い棒で無理矢理穴を開けられるような違和感で、背筋に鳥肌が立つ。皮膚に与えられる快感とは、まったく異質な感覚だった。

こんな気持ち悪い目に遭えば、どんなにそそり立っていても小さくなるのが当たり前だ。なのに、肉ブラシが根元に巻き付いて締めつけているので、萎《な》えることもできない。苦しくてたまらなかった。

刑事として、男としてわずかに残ったプライドを掻き集め、桜井は悲鳴をあげまいと歯を食いしばった。壁面の大きなガラス窓からは、コリンをはじめ教団の男達が見物しているのに違いない。ビデオも撮影されているはずだ。もう充分すぎるほど無様な姿をさらしているけれど、少しでも抑えたかった。

だが、尿道を犯す疣の動きはさらに怪しく、淫らさを増す。

「んっ、ぅ……んん、ぐ、ぅ……」

さっき触手の内側から現れた肉疣を見た時には、せいぜい二センチあるかどうかという長さだった。なのに今、尿道を犯しているものは、そんな長さとは到底思えない。自分をいたぶる間に、疣の長さが伸びたのだろうか。根元まで押し入られている気がする。

しかもその肉の紐《ひも》が、中で動く。前後に抜き差しするだけでなく、尿道に入ったまま震えたり、くねくね動いたりする。

知らず知らずのうちに、桜井の息は荒くなっていた。痛くて気持ち悪いだけのはずだった、尿道を犯す肉疣の動きが、いつのまにか快感に変わっていく。

勝手に体が何度も震えて、足の指がそりかえる。

尿道の中を肉紐が抜けていく瞬間、射精に似た快感が腰から脳まで突き抜ける。喉や脇腹、腿を触手にくすぐられ撫で回されて、全身の肌がむず痒くほてる。

(や……もう、もぅ無理だっ……で、出そう……!!)

負けたくない。こんな怪物にいたぶられて、大勢に見物されながら射精するのはいやだ。けれども肉茎を外から包み込まれてぐにゅぐにゅと揉《も》まれ、尿道を内から勢いよくこすられると、もう耐えられなかった。

「ん、んんぅっ……!!」

食いしばっていた口から、呻き声がこぼれる。

肉紐が尿道から抜けていくのにつられて、桜井はほとばしらせた。背筋がそりかえり、腰が何度も震えた。

精液は肉茎を包み込む触手に吸い取られたらしく、床にはこぼれない。桜井が出した液だけでは足りないとでもいうのか、尿道に残った分を吸引される感触がある。

(出した……こんな化け物に犯られて、イった……)

我慢しきれなかったことが悔しく情けない。こらえていた涙が頬《ほお》を伝った。精液を搾り取られるとは聞かされたが、これほど屈辱的な行為とは思わなかった。ガラスの向こうにいる連中が、自分を見て笑っているに違いないと思うと、一層悔しさがこみ上げる。

また通信を再開したのか、面白がるようなコリンの声がした。

「イったの？　イったよね。触手に白いのがこぼれたのが見えたし、ぐったりしちゃったし。気持ちよかっただろ。一回で終わりじゃないから、楽しむといい」

「あ、はぁ……」

　言葉どおりに、桜井の股間に貼り付いた肉ブラシが再び、いやらしく動き始める。思わず口からこぼれた喘ぎの淫らさが情けなかった。

「それにどうやら君、パチェスの審査に合格したみたいだよ。そうでなきゃ手足の先ぐらいは食われ始めてもおかしくないから。今までの不合格者は皆、そうだったからね。搾り取られながら食われていったんだ。……今度は、苗床向きの場所を探すための試験だ。がんばるんだよ」

　からかう口調でコリンが言った。

（苗床……今までにもあいつが何度か口にしていたけれど、なんのことだ？）

　殺されないらしいと知って安堵《あんど》の気持ちが湧く一方で、不安も大きくなる。手足の拘束はまったくゆるまない。肉疣がびっしり生えた舌のような触手が、射精前と同じように激しく執拗に、肌を舐め回し続けている。

　ついさっき出したばかりなのに、桜井の肉茎は再び熱く昂り始めていた。

（また……また、イかされる……いやだ、こんなみっともない格好を、皆に見られて……）

　けれども前を嬲る舌に気を取られている間に、背面を責めていた舌が不穏な動きを始めた。双丘の谷間を念入りになぞり、ある一点で止まる。

（ま、まさか……!?）

　舌が触れてきたのは後孔だった。

　尖らせた先端で、襞《ひだ》の中心がどこか確かめるようにつつき回したあと、ぐっと押してくる。

無我夢中で括約筋《かつやくきん》に力を込めたが、怪物の力は桜井よりはるかに強かった。

「ぁ……よ、よせっ、いやだ……ぁ、あああーっ！」

自分の体に起こっていることが信じられない。物心《ものごころ》ついて以来、こんな場所に外から何かを押し込まれたことなどなかった。それなのに今、化け物の触手に侵入され、中の粘膜を舐め回されている。圧迫感と違和感、何よりも精神的なショックで、息が荒く、速くなり、吐き気までしてきた。

しかし怪物による蹂躙《じゅうりん》は、それだけでは終わらなかった。

息苦しさから逃れたくて大きく開けた口に、胸から喉へと這い上がった巨大な舌が、ずぷっと濡れた音をたてて入り込んできた。

「……っ！」

慌てて口を閉じたがもう遅い。歯に当たった、ゴム質の軟《やわ》らかさが気持ち悪くて、反射的にまた開けた。舌状《ぜつじょう》の触手が無遠慮に口腔《こうこう》深くへ押し入ってきて、さらに喉の奥まで侵入しようとする。喉の奥を突かれ、桜井はえずいた。

「うっ、ぐ……ぅう……っ……」

苦しくて涙がにじんだ。口の端から唾液がこぼれる。

後孔にも舌状の触手が押し入っている。無理矢理広げられた括約筋が引きつるように痛み、粘膜を圧迫される感触が気持ち悪い。さっき尿道を犯された時と同じような、それでいてもっと大きい違和感が全身を冒す。

だがその感覚には、明らかに快美なものが交じっていた。ぬるぬるの肉ブラシにこすられて、腿も尻も胸も、あらゆる場所が気持ちいい。肉茎は桜井の意志を受け付けず、与えられる快感を貪《むさぼ》り、硬く勃ち上がって先走りをこぼしていた。

「ふ、ぅ……っ……ん、んんっ！」

手足が棒を通されたように突っ張り、顎がそる。さっきの射精からほんのわずかな時間しかたっていないと思うのに、また達してしまった。口にも後孔にも押し入られ、苦しくてたまらないはずなのに、なぜ自分はこうも簡単に、快感に屈してしまうのだろう。自己嫌悪がふつふつと湧き出してくる。

——こうしてさらに二度、射精させられたあとだった。上下の口に入っていた触手が、唐突に抜けていった。口の中に触手表面のぬるぬるした粘液が残って気持ち悪かったが、呼吸は楽になった。

（お、終わったのか……？）

押し入られたが、特に口や後孔に何かされたわけではない。なんだったのだろう。それとも自分が気づいていないだけか。

そう思った時、怪物に新たな動きが見えた。

環状に生えた触手の中央から、新たな触手が伸び出した。さっき自分をいたぶった舌のような触手とはまったく違う、透明なチューブ状だ。それが広げられた脚の間へ迫ってくる。

（まさか、また……⁉）

疑う余地もない。両脚も胴も触手にがちがちに固められて押さえられている。さらに、細い触手が双丘の肉を左右に引っぱって割り開いた。

ぬちゅ、といやらしい濡れた音をたてて、軟らかい肉質が後孔に触れる。

「ひっ……ぁ、あぁっ！」

軟質ビニールのような感触だと思ったのに、触手は意外な強靭《きょうじん》さを持っていた。必死に力を込めて後孔を締めているのに、襞の中心をこね回され、強引にこじ開けられる。侵入された。

「あ、ぁ……いやだ、いや……もう……ぁ、はぅっ！　ぅ……」

チューブ状の触手が、深く入ってきた。さっきの肉ブラシのような触手より弾力があって、粘膜を押し広げられる感覚が強い。だがこんなものを自分に差し込んで、どうしようというのだろう。貫かれた後孔は自分からは見えないため、桜井は触手の根元に目を向けた。

（な、なんだ？　何を……）

透明な筒状の触手は、怪物の本体につながっている。その触手の中へ、何か丸いものが押し出されるのが見えた。大きさはピンポン玉ほどで、熱帯の昆虫を思わせるメタリックな黄緑色だ。二つ、三つと触手の中をすべり落ちてくる。

スピーカーから、コリンの声が聞こえた。

「見えてる？　今君に刺さってるのが、産卵管。中を移動してくるのが卵だ」

「たま、ご？」

背中に氷水を浴びせられた気がした。意味を知りたくない。理解したくない。

「そう、卵だよ。適度に湿って温かい場所に産み付ける。哺乳動物の体内なんて、最高の場所だろう？　狩人蜂《かりゅうどばち》と同じで、生きた動物を捕らえて、抵抗できない状態にしてから卵を産み付けて、幼生の餌にするんだ。二時間もたてば孵化《ふか》するよ」

子供の頃に読んだ、ファーブル昆虫記が脳裏をよぎった。

狩人蜂は捕らえた青虫に針を刺し、麻酔で眠らせる。産み付けられた卵は孵化し、青虫の体を食い荒らして成長する。だが麻酔がかかっている青虫は、生きながら食われても暴れることなく眠り続ける。そして幼虫は安全に成長していくのだ。

それと同じということは、自分は捕らえられた青虫に等しい立場なのか。

「孵化、って……く、食い殺す、つもりで……」

「そんなことはしないよ。狩人蜂と同じって言ったから、誤解したかな？　大丈夫、体に傷は付けない」

ホッとしたのも束の間、コリンの言葉はまだ終わっていなかった。

「幼生は芋虫《いもむし》に似た形でね。君の小腸へ移動して、腸の壁を食い破って体を腹腔《ふくこう》に出し、口だけを腸の内側へ向ける。君の食べた物から養分をもらって育っていくんだ。幼生が育てば、おなかが大きくなってくる。俗な言い方だと、腹ボテっていうのかな？　感謝してほしいね、男なのに妊娠気分が味わえるんだから。すごいレアな体験だよ？」

言葉の意味が、否応なしに耳に突き刺さる。桜井は絶叫した。

「ひっ……いやだぁあっ！　やめろ、やめろぉーっ!!」

男でありながら、衆人環視の中で異形《いぎょう》の怪物に犯された。それだけでも身が震えるほどの恥辱なのに、怪物の卵を産み付けられ、体内でそれを育てるなど、耐えがたい。生理的嫌悪感で、吐き気がこみ上げてくる。

身をよじり手足をばたつかせて逃れようとした。けれど体中にからみついた触手は、決して桜井を放さない。その間にも、黄緑色の卵は透明な筒の中をすべり降り、桜井へ迫ってきた。

「あ、ぁ……っ」

粘膜が押し広げられるのを感じ、桜井は息を詰まらせた。触手の中を動いてきた卵が、後孔へ到達したのに違いない。反射的に括約筋に力を込め、侵入を防ごうとした。

だが後孔を貫く触手が邪魔をして、うまく締めることができない。

異物の圧迫感が内へ内へと移動してくる。やがて括約筋を越え、完全に自分の内部へと入り込んだ。――入り込まれた。

（もう、だめだ。産み付けられた……）

体の力が抜ける。拒《こば》む気力も消えた。ぐったりとなった桜井の後孔へ、さらに幾つも卵が押し込まれた。

やがて産卵完遂《かんすい》と判断したのか、産卵管が抜けた。拘束していた触手も、桜井を床へ下ろして離れていった。卵が体内にあるせいか、壊れ物に対するような丁寧な扱いだった。

「いや、だ……いや……」

疲労しきった桜井は、起き上がることもできない。床に転がったまま、うわごとのように拒絶の言葉を繰り返すのが精一杯だった。後孔の奥に押し込まれた卵が、ひくひく震えているような気がする。錯覚なのか、それとも孵化に向けて本当にうごめいているのか。

天井に格納されていた、カメラのような物が下りてきた。桜井の下半身を、何度も角度を変えて写したあと、離れていく。

コリンの声が聞こえた。

「成功だ。全部で五つ、実にいい成績だ。刑事さん、気に入られたね」

スライドドアが開いて、男達が入ってくる。皆、片手にスタンガンを持っており、スイッチを入れているのか、ぱちぱちと放電音を鳴らしている者もいた。怪物の方へかざしているのは、自分達が襲われないようにという用心に違いない。

放電音を嫌うように、怪物の触手が部屋の奥へと動いていったのが視界の端に映った。

一緒に入ってきたコリンが苦笑する。

「そんなに怖がらなくても、パチェスはさっき卵を産んだばかりだ。疲れているから、襲ってはこないよ。あと一時間もしたら、餌をほしがるだろうけどね」

男達が桜井を抱え上げる。

「おい、そっちの脚を持て」

「レントゲンで見たとおり、五つも入ってるんだ。丁重に運ぶんだぞ」

最後に出てきたカメラはレントゲンで透視し、卵の存在を確認するためだったらしい。

飼育室から運び出された桜井は、最初にいた部屋に連れていかれた。再びあの台に脚を開いて拘束される。しかし今度は直立した姿勢ではなく、中腰でしゃがんだくらいの格好になるよう、手を吊るすロープを調節された。

「このぐらいの高さでいいか。おい、ソフトマットは？」

「ほい。割ったら大損害だからな」

桜井の腰の下に当たる位置に、ふわふわしたマットが置かれる。

「な、に……？」

「あんたが主役の産卵ショーが始まるんだよ、刑事さん。一個が末端価格二千万以上の代物だ、ちゃんと産み落とせよ？」

「……っ……」

さっき産み付けられた卵のことだ。自分の中に異物が入っている感触はあまりに気持ち悪く、早く出したくてたまらない。けれど『末端価格二千万円以上』とはなんのことなのか。恐怖や嫌悪に押しつぶされていた、刑事としての意識が蘇《よみがえ》ってくる。

周囲を見回してコリンを探した。手を汚す気はないとでも言うつもりか、離れた壁際に立っていた。

「何に使うんだ……こんな、馬鹿みたいな真似をして……ビデオを撮るだけか？」

「あれ、言わなかった？　その卵は麻薬の原料になるんだ」

「な……!!」

愕然《がくぜん》とする桜井に向かい、コリンはとくとくと説明した。

一口に麻薬といっても、原料も効果もさまざまだ。アヘンゲシやコカの葉、キノコ類から作られるものが多いが、最近では化学合成されたＭＤＭＡもある。いずれも多幸感や高揚感をもたらすが、問題はその中毒性だ。肉体的、精神的な薬物依存を引き起こし、中毒者はどんな犠牲を払っても薬を手に入れようとする。

怪物の卵からできる麻薬は、きわめて中毒性が高いうえ、混ぜ物をして薄めても充分な効果が残る。一度でも使えば、中毒者への道を突き進むことになる。資金源としてこれ以上のものはない。

「問題は人間の男を苗床にして産み付けさせない限り、卵が手に入らないことなんだよね。サクライ刑事、支度《したく》ができたし、いつでも産んでいいよ」

「ば、馬鹿な、ことを……」

わずかに残った刑事としての理性で、桜井は首を横に振った。カルト教団の資金源となる卵を提供するなど、警察官として許されることではない。しかし、

「いやなわけ？　それじゃ、孵化した幼生を体の中で飼うつもりなんだね？　まあ、それでもいいけど」

「……」

少し前、コリンに聞かされた説明が頭をよぎる。自分の腸管に、芋虫のような怪物が五匹、口だけを突き出して寄生し、栄養を横取りする光景を想像するだけでも、おぞましい。

「い……い、や……」

いやだ、やめてくれと叫びだしたいけれど、舌が上顎《うわあご》にくっついてしまって動かなかった。口の中が渇ききって、からからだ。コリンの笑みが残忍さを増した。

「普通だと、腸を食い破られたら激痛で倒れると思わない？　でもそうはならない。幼生が麻薬を分泌して、痛覚を麻痺《まひ》させるからだよ。成分からすると、相当幸せな気分を味わえるはずだし、育てていれば母性本能が芽生えてくるかもね」

「……」

「実を言うと、幼生が腹の中で育って、脱皮したあとのデータは不足しているんだよね。君が試してみる？　尻から出産することになるのか、それとも幼生が君の体を食い破って出てくるのか。……別に構わないよ。産むか、育てるか、好きにすればいい。こっちは別の誰かを拉致してきて、苗床になるかどうか試すだけだ。君が今、直腸の中に持ってる卵を産めば、次の被害者は出ないけど」

最後の一言が、桜井の拠《よ》り所《どころ》を打ち砕いた。

怪物に寄生される恐怖や嫌悪と、麻薬の原料になる卵をカルト教団に渡すことへの抵抗感が、心の中で綱引きをしていた。だが自分が拒んでも、コリン達は何の痛痒《つうよう》も感じない。自分を研究材料にして、別の誰かを拉致するだけなのだ。

心の揺らぎを見抜いたかのように、コリンが言い足した。

「どうする？　ほら、こうして喋ってる間に三十分近くたった。あと一時間半で、幼生が卵から出てくる。腸を食い破って、口を突き出すのを想像してごらん。きっと……」

「やめろーっ！」

理性が、ぷつんと音をたてて切れるのを感じた。絶叫が口からほとばしった。

「いやだ、いやだぁっ!!　頼むっ、早く、早く出して……!!」

手首を縛られて吊るされていながらも、できるだけ腰を落として力を込めたのは、直腸内の卵を排泄《はいせつ》しようとしての動きだった。コリンの優しい声が聞こえた。

「それでいい。正しい判断だよ。君にも、教団にとってもね」

言葉の後半は、桜井の耳を通りすぎていった。卵を産むことに必死だったのだ。肩幅に開いた脚を踏ん張り、下半身に力を込め、腹圧をかける。手首を縛って吊るしているロープに、今はなんとかしてつかまり、すがろうとしていた。

「はぁっ……う、ん……」

口から勝手に呻きがこぼれる。だが、後孔の奥にある異物感はそのままだ。

「ほらほら、刑事さん。早くひり出せよ」

「言われなくても必死だよなぁ？　イケメンが顔真っ赤にして、股開いて。いい格好だぜ」

周囲から嘲笑混じりの野次が飛んできた。

恥ずかしさと悔しさに涙がにじむ。心臓はばくばくと脈打ち、今にも破裂しそうだ。それでも、卵を出さなければ怪物に寄生されるという恐怖に駆られ、桜井は必死に腹圧をかけた。

「……っ、ぁ……」

自分の中で卵が動いたのがわかった。直腸の中を、後孔へ向かって下りている。

「ん、んんっ……ぅ」

「おっ？　ケツ穴が開いてきたぞ。見えた、卵だ」

「やらしい穴だな、ピンク色の縁が薄ーく広がって……バッチリ撮ってるから、あとで見せてやるよ、刑事さん」

「あっ……ぁ、う……んっ……!!」

後孔いっぱいに詰まっていた卵が、ずぷりと外へこぼれ出ていく。ウレタンマットに落ちて、はずんだ。薄いゴム手袋をはめた男が、素早くそれを拾う。

「産みやがった。ド助平な刑事だ」

「追いかけてた犯人につかまって、マッパで卵産んでるんだぞ。恥ずかしくねェのか？」

「う……ぅっ……」

蔑む言葉に耐えきれず、にじんでいた涙が頬を伝い落ちた。笑声が一層大きくなる。

けれどもまだ直腸の違和感は消えない。何かが詰まっているという感じが強い。産み付けられた卵がまだ幾つも残っているのだ。卵が自分の中でぴくんと動いた気がしたのは、単なる錯覚か、それとも、

（もし……もし、孵化が始まったのなら……いやだ、それだけは……!!）

自分の体内であの怪物の幼生を飼うなど、耐えられない。ロープにすがって再び力んだ。

虫の羽音《はおと》に似た、じじじ……というかすかな音が聞こえる。ビデオカメラの作動音だ。レンズは自分の浅ましい姿を、余すところなくとらえているはずだ。卵を産み落とす後孔も、ほて

った顔も、腰を落として両脚を開いたみっともない姿も、すべて撮られている。

それでも今の桜井には、卵を産み落とす以外に方法はない。

「は、ぁっ……ぅ……」

腰に力を入れて力む。異物が直腸の粘膜を広げて、自分の体内を降りていく。後孔が内側から押し広げられるのがわかる。出ていく瞬間には、これで幼生に食われなくてすむという安堵感を味わう。その一方で、ビデオカメラの回る音と男達の嘲笑がもたらす屈辱と羞恥は大きい。

五つ産み落とすと、体内の違和感は消えた。

（やっと、終わった……）

桜井のそばへ男達が寄ってくる。産卵がすんだので、どこかへ連れていかれるのだろうか。しかし手足の枷を外されることはなかった。男達が淫らな笑いを浮かべて、一番とか二番とか言い合っている。やがて話がまとまった気配をにじませて、男達は桜井を見やった。

「それじゃ、次のラウンドといくか。へたばってる暇はねえぞ、刑事さんよ」

「触手と卵で、ゆるゆるのケツマンになっちまったんじゃないだろうな？　それじゃ困るぜ、しっかり楽しませてくれないと」

男達を指揮しているコリンを、桜井は視線をめぐらせて探した。白衣をまとった小柄な姿は、卵を持った男を従えてドアに向かっている。

「ちょっ……ま、待て、コリン！」

「ボクは卵を処置しなきゃならない。忙しいんだよ。君の処置は、そこに残ったみんながしてくれるから。せいぜい楽しむんだね」

「な、何を……待てったら！　待っ……」

声を振り絞る桜井を無視して、コリンは出ていった。スライド式のドアが閉まると、もう外の物音は聞こえない。代わりに自分の背後から、ファスナーを下ろす音が聞こえてきた。

桜井は首をねじ曲げ、背後の男を見やった。

軽くずらしたズボンと下着の上にはみ出した牡は、すでに天を向いてそそり立っている。

「き、貴様ら、正気か？　僕は、男で……」

「ああ？　おいおい、勘違いすんなよ。こっちは別にホモってわけじゃないし、お前を助けるためなんだぜ？」

「嘘をつけ……っ」

「触手から出た媚薬で、体がほてってって×××がビンビンで、我慢できねェだろうが。本当なら卵からじわじわ出てくる麻薬のおかげで、媚薬の効果は消えるんだ。だけどその卵を産み落としちまったからな。ヤりまくらなきゃ、いつまでもビンビンのままだぞ。……感謝しろよな、刑事さん。体に残った媚薬を、みんなで中和してやるからよ」

言いながら男は、屹立《きつりつ》した自分自身にコンドームをかぶせ、クリームのような物を塗り付けていた。潤滑剤《じゅんかつざい》らしい。

（本気、なんだ）

嫌悪感に鳥肌が立った。

怪物に犯されるのも、その浅ましい姿を見物されて笑われるのも、いやでたまらなかった。とはいえ、どちらも日常から遠く離れた出来事で、現実味に乏しかった。

だが今から自分を犯そうとしているのは、実在する人間の男達だ。自分がここから助け出されたとしても――いつかこの連中と街中で出会ったり、あるいは警察に保管されている資料を見て、男達の顔写真に出くわすかも知れない。悪夢として片付けることはできなくなる。

「いやだっ！　やめろ、頼む、やめてくれ……!!」

必死に懇願《こんがん》し、身をよじって逃れようとした。しかし拘束されていてはすべて無駄だ。突然の拒否反応を面白がったのか、他の男達が寄ってたかって桜井を押さえつけた。

産卵のために力を入れやすいよう、中腰になる高さで手首を固定して吊るされたのだと思っていた。だが手はそのまま、膝を伸ばして腰を後ろへ突き出すと、犯してくれと言っているのに等しい格好になる。

「どうした？　怪物に突っ込まれた時はアンアンよがってたくせして。人間より化け物の方がいいのかよ？」

「今更格好を付けるなって。……ほーら、入れるぞ」

「あ、ふっ……あああぁ！」

触手の軟らかさとも、卵の殻の硬質さとも違う、熱と弾力を持った硬さが桜井を貫く。

（いや……いやだ、こんなこと……）

悔しさと情けなさに、目の奥が熱くなる。それなのに、潤滑剤でぬるぬるになった牡を動かされると、甘いしびれが腰から全身へ拡がる。体が意志を無視して、ほてってしまう。

牡は容赦《ようしゃ》なく、なおも奥深くへ進んできた。男が嘆声を漏らした。

「へぇ。大したもんだ。あれだけ産み落としたあとなのに、きゅんきゅん締めてきやがる」

「マジかよ。刑事のくせに、男汁《おとこじる》を絞るのには熱心なんだな」

「商売を間違えたんじゃねェか？　それなら、こっちの口にもサービスしてやるか」

別の男が桜井の髪をつかんで、顔を固定した。もう片方の手でズボンのファスナーを下ろし、牡をつかみ出して、桜井の口元へ押しつける。蒸れたにおいが鼻孔を突いた。

「ほら、ポリ公。好きなんだろう、じっくりしゃぶれ」

「ん、ぅ……」

口をつぐんで拒もうとしたが、つかまれて引っ張られる髪が痛い。後ろから乱暴に突きまくられると、喘ぎがこぼれて唇が開いてしまう。唇の内側や歯茎《はぐき》に、牡をこすりつけられた。

それ以上拒絶する気力が続かず、桜井は目の前に突き出された牡をくわえて、舌をからませた。先走りが苦かった。

「全部舐めろよ。鰓《えら》の裏まで、ほじくり出すようにな。……そうそう、うまいじゃねえか」

見ている男達が笑った。桜井の手をつかんで引っぱり上げ、自分の牡を握らせてしごかせる者もいた。

「どんな気分だ、刑事のくせに、自分を誘拐《ゆうかい》した犯人の×××をしゃぶってるのは？」

「しゃぶるだけじゃなくて、突っ込まれて腰振ってるんだもんなぁ。恥ずかしくないのかよ」

犯される屈辱以外に、刑事としての誇りをも踏みにじられる。自分が惨《みじ》めで情けなくて、こらえきれずに涙がこぼれた。だがそれさえも嘲笑の種にされる。

「泣いてやがる。弱っ」

「それでも刑事かよ。捜査課長や署長が見たら、なんて言うだろうな」

「意外とこっちの才能で、上役を丸め込んでるんじゃねえか？　全員、こいつのおかげで穴兄弟になったかも知れねェぞ。……どうなんだ、刑事さんよ。今まで誰とヤった？」

「んっ……ぅぐ、うぅ……ふ……」

違う、そんな真似はしていない——そう答えたい。けれども猛《たけ》り立った牡に口を塞《ふさ》がれて、何も言えなかった。そして背後からの律動が、激しさを増す。

「うっ……出る！」

「!?」

後孔を責める牡が大きく震えた。男がコンドームを着けていたために、精液を直接注ぎ込まれたわけではない。けれども薄いゴム膜越しの、牡が熱くふくれ上がり、はじける感触ははっきり伝わってきた。嫌悪感に体が震えた。そのわずかな動きが引き金になったのか、桜井に口で奉仕させていた男が、喉まで犯す勢いで押し込んでくる。

「ぅぐっ……!!」

喉を突かれて噎《む》せそうになった。けれど髪をつかまれていて、逃れることはできない。口一杯に頬張らされた牡がびくびくと震え、粘っこい液体をほとばしらせた。

「く……うっ」

苦い。熱い。舌や喉に粘りついて、息ができない。必死に酸素を貪る鼻孔に、自分自身の口からあふれ出た精液のにおいが、容赦なく突き刺さってくる。

口から牡を引き抜いた男が、命じてきた。

「飲め。飲まなきゃ、今のビデオを警察へ送るぞ。それともネット公開の方がいいか？」

「……っ……」

怪物の触手に責められて浅ましくよがり狂った姿や、怪物が孵化する恐怖に負けて卵を産み落とした無様な格好、あるいは今の輪姦《りんかん》――どれ一つ取っても、公開されたら警察官を続けることはできない。いや、名前を変え、整形して顔を変えない限り、人の目を恐れて身をひそめる暮らしになってしまう。

（どうして、こんなことに……？）

助け出されたとしても、普通の生活は送れなくなる。もしも助けてもらえなかったら、どうなるのだろうか。このままずっと、怪物に犯されては卵を産み落とし、そのあとは男達の慰《なぐさ》み者になる暮らしを続けるのか。

しかしそれ以上考える間は与えてもらえない。

「飲めって言ってんだろ」

怒鳴るのではなく、平静な口調で言われたのがかえって怖い。本当に画像を流されるのではないかという不安を煽《あお》られる。桜井は口を閉じ、苦くて粘つく液体を懸命に飲み下した。

その後、どうなったのかはよく覚えていない。気がつくと、病院の個室を思わせる、白い部屋に寝かされていた。病院と違うのは、寝間着なしの全裸であることと、部屋には窓がなくこれ見よがしに監視カメラが設置されていることだ。ベッドに置いてあるのはマットレスだけで、シーツがない。エアコンが効いていて部屋の中は暖かすぎるくらいだけれど、体を隠すものが一切ないのが恥ずかしい。

壁に二十五インチぐらいのテレビが埋め込まれているが、画面は真っ暗で、スイッチらしい物は見当たらなかった。

気を失っている間に、体を拭くか洗うかされたようで、肌はさっぱりと乾《かわ》いている。あの精液や汗にまみれたまま放置されるよりはましだが、意識がない間に知らない相手から体中を触られたと思うと気持ち悪かった。片手で股間を隠してドアの前まで行き、レバーハンドルに手をかけたが、思ったとおり、鍵がかかっている。監禁されたらしい。

ベッドに戻った桜井は、カメラに背を向けて腰を下ろした。後孔がまだずきずき疼《うず》いて、座りにくい。何か挟まっているような違和感が消えない。

どうにか座って、気絶する前の出来事を頭の中で整理しようと試みた。

（あれは……本当にあったことなのか？）

大勢の男達に輪姦されただけでも悪夢のようなのに、その前の出来事は現実なのだろうか。

不気味な触手怪物に犯され、卵を産み付けられて――。

（……まさか!?）

桜井の体がびくっと跳ねた。

後孔の疼きや、まだ何か入っているような違和感は、本当に犯された後遺症なのか。卵が残っているのかも知れない。慌てふためいて自分の尻に手を持っていったけれども、中に卵があるかどうかなど、どうやって確かめたらいいのだろう。

尻や腹を触ってもわからないし、だからといって後孔へ自分で指を入れて調べるのは怖い。

（嘘だ……あんな怪物、実際にいるわけがない。きっと催眠術《さいみんじゅつ》とか幻覚で……で、でももし、現実だったら……？）

不安に苛まれつつ自分の腹に手を当て、異常な気配はないかと探っていた時だ。

壁に埋め込まれたテレビの画面が、不意に明るくなった。目を向けると、コリンの顔が映っている。面白がるような、見下すような笑みは、相変わらずだ。

「何をもぞもぞしてるわけ？　さっきの体験が忘れられずにオナニーショーでも始める気？」

「ち、違……!!　何か、入っているみたいだから……!!」

「全部産み落としただろう」

「でもっ！　まだ疼いて、何か残っているみたいなんだ！　気持ち悪くて……!!」

必死に訴えた。自分を拉致したうえ、怪物の餌食《えじき》にした敵だけれど、寄生されたかも知れないという不安と恐怖を取り除いてくれるなら、誰でもよかった。

コリンが思いきり馬鹿にしたふうに、口元を歪《ゆが》める。

「初めてだったんだろう？　ロストバージンにまだ体がなじんでないだけだよ。終わったあとで、ちゃんと全部取れたことを確かめた。だいたい、なんのために産み付けさせたと思ってるんだ。卵を体に残させるような、もったいないことをするもんか」

断言されて、少し安心した。けれども今度は別の恐怖と嫌悪が、腹の底から吐き気とともに突き上げてくる。

「どうしたんだよ、黙り込んで」

「あれは……夢じゃなかったんだな……」

「何、くだらないこと言ってんの。もう一回、経験する？」

「……っ……」

反射的に首を横に振った。あんな不気味な怪物に犯されるなど、二度とごめんだ。反応に満足したのか、コリンが楽しげに笑う。

「まあ、いやだって言っても、明日にはまた経験してもらうけどね。苗床は君しかいないんだ。毎日だと消耗が激しすぎるから、四、五日に一回くらいは休ませてあげるよ。本当はもっと大勢ほしいんだけど、何人連れてきてもなかなかパチェスが気に入ってくれなくて」

言葉を聞くうちに、刑事としての職業意識が蘇ってきた。

「何人もって……今まで行方不明になった人のことか？　拉致して、どうしたんだ？」

「わかってるくせに。だからこそ警察が捜査に乗り出したんだろう？」

「じゃ、この前のバラバラ死体が……」

「まったく、ひどい面倒を起こしてくれたものだよね。苗床はなかなか見つからないんだよ。君みたいに素直に産み落とせばまだまだ生きていられたのに、拒否するから」

思い出すだけでも腹が立つと言わんばかりの顔で、コリンが舌打ちする。桜井としては到底理解ができない。

「なぜだ。卵をそのままにしていたら死ぬってことを、教えなかったのか?」

「そんなわけないだろう。あいつは、卵が分泌する麻薬に負けたんだ」

――バラバラ殺人の被害者、中山はホストクラブを辞めたあと、この研究所へ連れてこられて、さっきの桜井と同様に、触手怪物の餌食にされた。他の拉致被害者は苗床としての適性がなかったらしく、すぐ怪物に食い殺されたが、彼だけは怪物に犯され、卵を産み付けられた。殺されるよりはましだと思ったのだろう。中山は逆らわなかった。産み付けだけでなく、衆人環視の中での産卵プレイや輪姦にも耐えた。

しかし回数を重ねるほどに、中山の反応が変わってきた。

怪物の触手や産卵管は、獲物の体に侵入する際に粘液を分泌する。これは単に潤滑をよくするためだけではなく、媚薬成分を含んでいる。捕らえた獲物に、卵を産み付ける行為への快感を教えて、抵抗を封じるためだ。快感に支配された獲物は、おとなしく卵を受け入れる。しかし産み付けが終わったあとで被害者が平静な意識を取り戻し、暴れて体内の卵を潰してはなんにもならない。

　そのため、卵もアルカロイドを分泌する。親が分泌する、性的な興奮を与える媚薬もあるが、それは少量で、大部分は、満ち足りた幸福感を引き出し、宿主の活動性を抑える種類の麻薬だ。幼生が殻を破って孵化したあと、腸の壁を破って定着場所を定めるまで、分泌は続く。宿主の体はじんわりと快感に浸《ひた》され、卵を排除しようという気持ちは消える。

「……少しずつ麻薬が蓄積していったのかも知れない。そのうち、産むのを拒否するようになったんだ。最初は脅《おど》したり、少し痛い目に遭わせたりして産ませたけど、とうとう何をしても言うことを聞かなくなった。『オレの卵だから、ちゃんと孵《かえ》す』とか言ってたよ。薬が頭にまで回ったのかもね」

　恐怖がじわじわと足元から這い上がってくる。殺された中山と同じ運命が、自分にも待っているかも知れないのだ。不安だけれど、途中で聞くのをやめるのはもっと怖い。

「それで殺したのか？」

「そう。あの日はアクシデントが重なった。あいつを殺す羽目になったのも想定外なら、停電になってて、処置室が使えなかったのも計算外だった。だからボクはかねがね言ってたんだ、ここにはもっと大規模な自家発電設備が必要だって。電力が少なすぎて、研究室の冷凍庫や冷蔵庫を止めないようにして、パチェスの部屋のエアコンやポンプを回すのが精一杯だった。電気さえあれば、ここで粉砕機《ふんさいき》に入れて処理できたのに。先に胴体以外の部分を運び出したら、今度は運転手の馬鹿が事故を起こすし。最悪だよ」

　そういえばバラバラ殺人事件が起こった日の未明、局地的な雷雨で関東地方の一部が停電になった。M市も停電範囲に入っていたような気がする。だとすると、ここはやはりM市にあるという教団の農業研究所なのか。

「バラバラ死体に胴体がなかったのはそのせいか。じゃあ残った胴体は、卵を取り出したあとで処理したんだな」

「あいにく、卵を取るのは無理だった。開腹処置して卵に辿り着いた時には、孵化が始まっていたから。生まれたての幼生は弱くてね。宿主が死んだために、五匹とも死んでしまったよ。ひどい損失だ。しかもボクのせいじゃないのに、ボクの責任みたいに言われるし。……まったく馬鹿馬鹿しい。やってられないね」

大袈裟《おおげさ》に両手を広げて首を左右に振ったあと、コリンはふと気がついたように桜井に視線を当ててにんまりと笑った。

「どうだった、卵を産んだ感想は？　君の代わりに誰かが拉致されるのを防いだんだ、よかったじゃないか。……今のところ苗床の条件はまだつかめない。成功したケースの共通点が二十代前半の健康な男でなんらかの手術を受けていること、血液型がAのRh＋で、煙草を吸わないってことなんだけど……血液のMN型や飲酒、アレルギーは関係がないみたいだね。本当はもっと詳しく実験したいのに、環境が整わない。残念だ」

「今まで何人、誘拐して殺したんだ」

「知ってどうするの？　いいじゃないか、将来の拉致を防いだんだから。君が苗床を務める間は、一般人の被害者は出ないよ。市民の安全を守るのが警察の仕事だろ？　がんばってね」

　からかいがにじんだコリンの声に、桜井は答える言葉を持たない。

(別の人間を拉致するっていう言葉に惑わされて、言いなりになってしまったけれど……麻薬を作らせたら、今度はその被害者が大量に増えるじゃないか)

　結局自分は、怪物に寄生されるという恐怖に負けただけだ。自責の念が心を苛む。コリンの嘲りはまだ終わらなかった。

「タカユキが知ったら褒めてくれるかな、それとも見放されるかな？　ふふふっ……彼、興味ないとなると、完全無視するものね」

　コリンの口にした名が、桜井の意識にガラス片の鋭さで突き刺さってきた。

「タカユキ、って……」

「トウジョウ・タカユキ。君の上司だよ。ところでタカユキと組んだのはどういう理由？」

「理由、って……それは、二人一組が基本の」

「そんなことを訊いてるんじゃない！」

　ヒステリックな口調で遮《さえぎ》られた。眉間に縦皺を寄せ、コリンがにらみつけてくる。

「くじ引きか何かで決めたの？　まさかね。タカユキは好き嫌いが激しいから、関心のない相手と一緒に行動したりしない。いつもそうなんだ。タカユキの方からお前を指名したんだ、そうだろう⁉」

　君と呼んでいたのが、お前に変わっている。急な感情変化に気を呑まれ、桜井は黙ったままコリンの顔を見つめた。やはりさっき、コリンが東條を知っていると感じたのは、当たっていたようだ。それも単なる顔見知りレベルではない。

「わ、わからない。聞いていない」

「本人に理由を言わないってことは、やっぱりそうなんだ。タカユキが好きそうなタイプだと思った。もうヤったの？」

コリンが憎々しげににらみつけてくる。桜井は啞然《あぜん》とした。

「ヤるって、まさか……僕と警部が？　男同士なのに」

「何を真面目ぶってるんだよ。さっき4Pだか5Pだか、やらかしたくせに」

「そ、それは、無理矢理に……でも東條警部が同性愛者だなんて、聞いていない」

この話しぶりだと、コリンと東條は性的な関係を持っていたのに違いない。警察に入る前に東條はアメリカで研究生活を送っていたという話だから、その時に知り合ったのだろうか。

「じゃ、まだヤってないんだ。いずれ食うつもりなんだろうけど……タカユキも趣味が悪くなったね、こんな頼りない無能のどこがいいんだろう」

事実なので何も言い返せないのが、余計に腹立たしいし情けない。

(まんまと騙されて犯罪組織につかまって、ビデオまで撮られて……無能もいいところだ)

うなだれた桜井に、コリンはあれこれと質問を投げかけてきた。捜査がどこまで進んでいるかという問いもあったが、ほとんどは東條警部のプライベートな面に関することだった。いまだに独身なのはわかっているが、恋人やセフレはいるのか、男か女か。何人いるのか。――桜井には答えようのないことばかりだ。

最初は疑っていた様子のコリンも、本当に桜井が知らないのだと理解したらしい。

「なんにも聞いてないんだね。それでもペアを組んでるって言えるの？」

呆《あき》れたように肩をすくめ、コリンは溜息をついた。

「まあいいや。それならそれで、君には苗床として役に立ってもらうから。……ここまで詳しく喋る意味、わかるよね。君を生かして帰す気はないからだよ」

「……っ……」

「死ぬのがいやなら、おとなしく飼われておくことだね」

ふっ、と映像が消え、画面が真っ暗になった。

桜井はベッドに座り込んだまま動かなかった。惨めさが胸を嚙《か》む。涙がこぼれて、止まらなかった。


（丸一日、行方不明か……）

東條尊之《とうじょうたかゆき》は考え込んだ。

普通なら、若い男が連絡なしに一晩帰宅しなかった程度のことは、問題にならない。しかし消えたのが警察官となれば、話は変わってくる。頼りなくても桜井誠《さくらいまこと》は真面目で、芯《しん》は案外に強情だ。無断でさぼるはずはない。

(何かの事件に巻き込まれたな。他には考えられない)

一昨日の深夜、桜井がスーパーで買い物をしたのを店員が覚えている。桜井は常連だし、この時はレジ係の交代が遅れていたため、時刻が印象に残っていたようだ。

しかしそのあと桜井の足取りは途絶えた。

東條が桜井の携帯電話にかけてみたが、無駄だった。一切返答はない。かといってあまり何度もかけるのもまずい。犯人が桜井を刑事と知ったうえで拉致したのならともかく、知らずにいるなら――もし桜井がまだ生きているのなら、警察官だと知らせない方が安全だ。知った途端に加害者が逆上して、口封《くちふう》じのために桜井を殺してしまう可能性がある。

そのため、ごく普通の会社からの連絡を装《よそお》い、無断欠勤を咎《とが》める電話を二回、留守番電話サービスに録音するにとどめた。

捜査課長も東條の意見に賛成し、桜井の失踪《しっそう》を表沙汰にはせず、病欠中として扱うことになった。携帯電話の電源が切られているらしく、GPSは機能していない。桜井が買い物をしたスーパーの近くを最後に、ふっつりと足跡は途絶えている。

(轢《ひ》き逃げに遭《あ》ったり、ストリートギャング気取りの連中に金品強奪目的で拉致《らち》された可能性もあるが、タイミングがよすぎる。教団に拉致されたんだろうな。……まったく、馬鹿が)

最初に出会った時、面白い奴と感じた。

廊下でぶつかりかけて一人でうろたえたあげく、自分自身に茶をぶっかけた。東條の周囲にああいうタイプの馬鹿はいなかった。さらにシャツをはだけた時の表情が気に入った。驚愕《きょうがく》や狼狽《ろうばい》だけでなく、明らかに恥じらいが混じっていた。色事《いろごと》の経験が浅いのに違いない。日焼けしていない白い胸肌《むなはだ》と、色素の薄い乳首の対照が目に快く、顔立ちも悪くなかった。

何よりそそられたのは、気性《きしょう》だ。押さえたら凹《へこ》むだけの弱気な相手はつまらない。とげとげしく逆らってくるだけの男だと、叩き潰《つぶ》したくなる。

その点、桜井はなかなか好みにかなった。おとなしく頼りなく見えるくせに、少々いじめて凹ませても、ゴムボールのようにすぐ元に戻る。時には反発の気配さえ覗《のぞ》かせる。もちろん階級が上の者への反抗は許されないという警察のルールは身にしみついているようで、直接態度には出さない。それでも瞳の奥に不満の色をにじませてしまうあたりが、未熟さむき出しで面白い。サディスティックな気分を刺激される。

しかし助け出そうにも手がかりはない。教団の仕業《しわざ》だろうとは思うが、誰が直接の犯人で、どこへ連れ去ったかわからない以上、手の打ちようがない。

（捜査状況を聞き出すために拉致した、というところだろうな。殴る蹴るの拷問《ごうもん》や、あるいはレイプぐらいはされているかも知れないが……さて、どこまで耐えられるか。喋ったら、あとは用済みとして殺されるだろう）

人よりも頭が切れると自負する東條でも、まさか桜井が触手怪物に犯されて卵を産み付けられているとは想像もできない。さらに、自分と関わりのある人間が桜井の拉致を指示していようとは、思いもよらなかった。

――桜井の行方はわからないまま、五日が過ぎた。東條が知らない場所で、小さな動きがあった。


コリンは不機嫌の頂点にいた。

ついさっきまで、戒真幸福教団《かいしんこうふく》の企画部長と話していた。コリンのいる研究所は企画部に所属している。研究部を作るほどの大した事業内容ではなく、清浄野菜の効率的な栽培法を調べているだけ、という建前だからだ。実際に地上部の研究室では野菜が育てられており、麻薬の開発は、建築図面に載《の》っていない地下三階と四階で行っていた。触手怪物を使った研究の他、キノコなどの植物アルカロイドを原料にした脱法ドラッグも作っている。

(ちゃちなカルト教団の部長ごときが、ボクと対等の口を利《き》くなんて……)

組織図でいえば、企画部長が研究所の一番トップということになるのかも知れない。しかしコリンには誰の下にもついたつもりはない。招聘《しょうへい》された研究者だという自負がある。

幼い頃から、周囲の連中が馬鹿に見えてどうしようもなかった。自分に話を合わせられる者は誰もいなかった。しかし周囲は理解せず、コリンを変人、嘘つきと罵《ののし》った。アル中の父親も、父の留守に次々と男を連れ込む母も、七人いる子供のうちの一人が特別な頭脳の持ち主だとは気づかなかった。関心を持っていたのは、美しい容姿に生まれついた子供を、高く売りつけるには何歳まで待てばいいかということ、そしてその金を独《ひと》り占めする方法だけだった。

　コリンが天才なのだと気づいたのは、教会の神父だ。

　そこから運命は、方向を変えて転がり始めた。

　天才少年として報道されなかったのは、神父が所属していた組織がいわゆる秘密結社だったからだろう。組織は両親が満足するだけの金を払ってコリンを引き取った。コリンも、自分を認めない狭い世界には何の未練《みれん》もなかった。

　集中的な英才教育を受けたあと、メイ・ラボと呼ばれる研究室へ移ったのは、十二歳の時だ。その後十年近くそこで研究を続けたが、対人関係でトラブルがあり、いづらくなった。

　そんな時に日本のカルト教団から招聘を受けた。

　教団は麻薬をほしがっていた。流通ルートが警察の手入れで潰され、安定した供給が得られなくなったらしい。今までいた場所や、他に誘いをかけてきた組織に比べれば、規模は小さい。ちゃち、と言ってもいい。

　普通なら目もくれない相手だったが、日本という場所に惹《ひ》かれた。

　日本には東條尊之がいる。履《は》き古した靴を見るような眼を自分に向け、あっさり去っていったあの男がいる。自分から追いかけるのはいやだ。それはプライドが許さない。だが偶然に出くわすのなら、話は別だ。

　日本に行けば、偶然に消息をつかむことも——顔を合わせることもあるだろう。そう考え、招聘を受けた。コリンは自分が品種改良した触手生物を連れ、戒真幸福教団の研究所へ移った。ちゃちな研究所なのは覚悟していたが、研究資金などは、思ったよりも潤沢《じゅんたく》だった。研究者不足は否めなかったし、下っ端連中は英語さえ話せず粗野《そや》で単純な連中ばかりだったが、人間ではなく使役《しえき》動物の一種なのだと考えれば我慢できた。彼らは、特別な頭脳と美貌《びぼう》を持つ自分を、特別な存在として敬っている。

しかし企画部長には我慢がならなかった。

(研究所は企画部の管轄下にある。でもボクは特別に招かれたんだ。他の研究所員とは別格の、特別な存在なんだ)

コリンはそう思っているのに、部長はせいぜい対等か、自分の方が上とでも思っているらしい。顔を合わせるたびに色目《いろめ》を使ってきて不愉快だったが、今日は『たまには研究成果以外の話を、ゆっくり二人きりでしようじゃないか』などとほざき、コリンの尻をつかんだ。

振り払ってその場を立ち去ったけれど、思い出すだけで怒りに体が震える。

(身の程知らずが……)

中年太りが目立ち始めた腹や、醜《みにく》いまぶたのたるみが出てきた顔で、この自分を口説こうなど、図々しいにも程がある。

それでなくてもとげとげしい気分のコリンにとっては、許せない出来事だった。

(腹立たしい。本当に、何もかも気に入らない)

企画部長の思い上がった言動だけでなく、もう一つ、コリンを苛立《いらだ》たせているものがある。

桜井という刑事だ。

自分が知らない東條の時間を、桜井が共有している。そのことが許せない。

あっさり拉致されたことといい、ろくな抵抗もできずに触手に嬲《なぶ》られたり教団の男達に輪姦されて、情けなく泣いていることといい、実に無能だ。そのくせ妙なところでしぶとい。あれだけ快楽漬けにされれば、反抗心を失って従順になるのが普通なのに、いまだにいやだとかやめてくれとか口走っている。捜査状況に関しても一切喋らない。無能なら無能らしく、手間をかけさせなければいいものを、変に強情だから腹が立つ。

(タカユキはなぜいつも、つまらない奴に気を引かれるんだろう)

研究所にいた頃もしばしば、平凡で無能としか思えない男を、東條は「面白い」と評して興味ありげな顔をした。自分が目を光らせていなければ、きっと浮気したに違いない。

(タカユキは今、サクライを捜しているだろうか。それとももう、どうでもいいと思っているか……もし捜しているとしても、雑魚《ざこ》にさんざん輪姦《まわ》されたあとと知れば、関心をなくすかも知れない)

桜井を餌《えさ》にして、東條の気持ちを確かめてみようと思いついた。それなら早い方がいい。桜井が完全に壊れたあとでは、交渉材料にも使えなくなる。

(これ以上ここにいても、不愉快なことばかりじゃないか。……動く頃合いだ)

コリンは決意を固めた。

膠着《こうちゃく》しきっていた捜査状況が動いた。

男性の変死体発見の一報が入ったためだ。最初は、死体は桜井ではないかと捜査本部に緊張が走ったが、詳しく聞くと年齢も容貌《ようぼう》も、桜井とはまったく違っていた。

それが新展開と捉えられたのは、側溝で溺死《できし》していた男が桜井の携帯電話を持っていたからだ。死んだのは、消えたホストの隣室に住んでいた男だった。ピンクの豹柄《ひょうがら》ワンピースという女装姿で死んでいたので、東條はすぐに思い出すことができた。

しかしこの男が、なぜ桜井の携帯電話を持っていたのか。

(桜井を拉致した側についていたのが、何かの理由で消されたか……それとも桜井がこいつに助けを求めて携帯を託したのか、そうでなければ偶然拾ったか?)

考えはしたものの、あとの方二つの可能性を東條はすぐに否定した。

うぶな桜井が気づいていたかどうかは知らないが、自分は男に言い寄られた経験は何度もある。だからすぐわかった。聞き込みの時、女装男は自分と桜井に興味を示し、あからさまな色目を使っていた。もし偶然桜井の携帯を手に入れたら、すぐ接触してきただろう。

(挑発か……?)

口封じか何か、犯人にはこの男を殺したい理由があったのだろう。そのついでに桜井の携帯を持たせた、と考えるのが一番ありそうな気がした。

水に浸《つ》かった携帯電話は、自然に乾燥させるのが一番いい。データを確認できるようになるまで、数時間かかった。しかし手がかりらしいものは残っていなかった。

着信記録に記されている電話もメールも、すべて素性《すじょう》が知れた者が相手だし、メールの内容も当たり前なものばかりだ。下書きメールが一通だけ残っていたが、宛先のメールアドレスを打ち間違えたのか、存在しないアドレスだし、本文も『この前はありがとう。元気でやっています。最近は』と、書きかけの二行で終わっている。これでは手がかりにならない——と、ほとんどの者は思っただろう。

東條だけが気づくように仕組まれていた。

メールアドレスに使われた数字とアルファベットに見覚えがある。かつてアメリカの研究所にいた時の、コードナンバーだ。自分ともう一人のものを組み合わせてあるようだが、

（誰のだったか……）

研究所を辞めて日本に帰国した時、必要な物は持ってきた。つまり持ってこなかった物は自分にとって不要ということだから、記憶の表層からも消えている。時間をかければ思い出すだろうが今は無理だ。研究所で関わりのあった人物だけを考えても、付き合った相手から揉《も》めた相手まで、多すぎて絞《しぼ》れない。

（思い出せるまで、言わない方がいいな）

そう決めた時、東條自身の携帯電話が振動した。メール着信だ。

（発信者名、『Makoto Sakurai』……桜井だと？）

東條は眉《まゆ》を吊り上げ、そっと周囲を見回した。所轄の捜査課長をはじめ、他の捜査員が携帯電話を気にする様子はない。メールが来たのは自分だけのようだ。桜井が救いを求めてきたのなら、捜査課長や親しい先輩刑事にも送っただろう。自分に対して、まだそこまでの信頼感は

持っていないはずだ。誰かが名前を騙《かた》って連絡してきたのに違いない。

東條はトイレに立つ振りをしてその場を離れた。女装男の死体は犯人からの挑発だ。このメールもきっとそうだろう。迂闊《うかつ》な場所では開けない。

所内の監視カメラの位置は把握している。東條はカメラに映されないよう、個室に入ってメールを開いた。本文もタイトルもなく、画像の添付ファイルだけだ。

舌打ちが漏《も》れた。

画像に写っているのは全裸の桜井だった。何人もの男達に取り囲まれ、口にも後孔《こうこう》にも牡《おす》をねじ込まれ、手にも握らされている。

添付されているのは動画ではなく静止画像数枚だが、全身に付着した白濁の量を見れば、輪姦が相当な時間続いたあとだろうとは見当が付く。手首足首に縛《しば》られたような薄赤い痕《あと》が残っていた。精液に汚れた顔の中、桜井の瞳は光を失って霞《かす》み、半分意識が飛んでいるように見える。暴行を受けて、抵抗する力を失ったあとだろうか。

コラージュという可能性もあるが、本物だと東條は判断した。

(携帯に残してあった俺のコードナンバー……本来のターゲットは俺で、桜井は巻き添えだ。それなのにここまでやるか。桜井に対して何か含むところがあるのかも知れないな)

陰湿な性格で、自分を憎んでいて、自分と組んだ桜井にも辱《はずかし》めを与えたがるような――思い当たる人物が浮かんできた。別れた時点で、自分には無関係な必要ないものとして、記憶の表層からは片付けてあったが、必要となれば思い出せる。自分のコードナンバーと組み合わせてあった数字やアルファベットは、確かに彼のコードナンバーだ。

（さて、どうするか）

他人に主導権を握られるのは嫌いだ。そして接触したがっているのは、自分ではなく相手の方だ。怒らせるくらいの方がいい。東條は『遊ぶな』と一言だけのメールを送った。

すぐに返信が送られてきた。桜井の命が惜しければ、他の捜査員に秘密で連絡してくるようにという内容で、電話番号らしきものが記してある。

会議が終わったあと、東條は適当な理由を付けて、一人で捜査本部を出た。

S署の捜査課長が東條の単独行動を危《あや》ぶみ、予備班の誰かと同行するよう勧めてきたが、突っぱねた。普段から人の言うことを聞かない性格で知られているると、こういう時には都合がいい。自分の車に乗り込み、尾行がないのを確かめつつ、人や車が少ない工業地帯へ向かう。路肩に車を停めて、例の番号へ電話をかけてみた。

「Hello?」

英語の応答だ。やや甲高い、金属的な声を聞いて思い出す。

「やはりお前か」

「何、その言い方。プレゼントは気に入ってもらえた?」

「死体のことか、添付ファイルのことか?」

「両方だよ。タカユキの趣味には合わないかも知れないけど」

流暢《りゅうちょう》な日本語だが、自分の名を呼ぶ時、『ユ』がうまく言えずに『タカゥキ』に近い発音になるのは、以前のままだ。やはりコリン・パーカーだ。

アメリカに留学中、東條は細胞分子生理学の研究をしていた。その論文に注目した私設研究機関メイ・ラボに誘われたのだ。整った設備と豊富な資金に気を引かれたし、教授とそりが合わなくなってきたこともあり、そちらへ移った。

そのメイ・ラボで特別待遇を受けていたのが天才の呼び声が高かったコリンだ。親元を離れて専門的な教育を受け、研究に携わっているという話だった。

天才で美貌の持ち主というキャラクターは東條の趣味から外れていたが、コリンの方で自分を意識している気配が感じ取れた。部署が違うため通路で顔を合わせる程度だったけれど、自分を見るたびあからさまに顔をそむけ、小走りで通りすぎるからわかりやすい。

自分を嫌っているのか、逆に好意を持っているのにうぶでうまく行動できないのか。どちらであっても、一度接触してみるのが面白かろう——そう思って夜更けに不意打ちをかけた。激しく抵抗されたが、力ずくで押さえ込むと諦《あきら》めたか、逆に積極的になった。硬い態度は好意の裏返しだったらしい。

悪くはなかった。しかし二度三度と肌を重ねるごとに、嫌気が差した。

独占欲と嫉妬心《しっとしん》をむき出しにしてきたのが、東條の興味を削《そ》いだのだ。同僚と実験結果に関する考察を喋っていただけで、あとになってから『何の話を、なぜ人気《ひとけ》のない場所で、なにゆえ自分を呼ばずに、二人だけで話していたのか』と執拗《しつよう》に問われると、誰でもうんざりする。

ちょうど研究にも飽《あ》きて、転職を考えていたところだった。コリンに一方的に別れを宣告し、帰国した。

四年もたってからアクションを起こすほど執念深いとは知らなかった。軽い気持ちで手を出したのが不覚というか、若気《わかげ》の至りだった。

「趣味に合わないとわかっていて送ってくる押しつけがましさは、変わらないんだな。この四年間、何をしていた？　少しは成長したのか？」

「警察なんかに入ったタカユキに言われたくないね。どうしていきなり研究をやめちゃったの。行き詰まったわけじゃないだろうに」

「パーテーションで区切られた生活に飽きた。人間と関わる暮らしをしたくなったんだ」

「嘘だ。人嫌いだって言ってた。人間の相手をするより、自分のスペースにこもって好きなことをしていたい、そう言ってたくせに」

コリンの言葉は正しい。自分は人付き合いが嫌いだ。小学生の時は付き合うにたると認められる人間が周囲におらず、低俗で騒々しい同級ばかりで、蔑《さげす》まずにはいられなかった。たまたま同じ地域に住んでいる同年代というだけで、なぜ仲良くしなければならないのか。友情を強制する大人が疎《うと》ましかった。

付き合うのではなく利用するのだと考えを変えてから、多少は人間関係を築けるようになった。さらにその後は利用の仕方を考えた。警察官への転身はその結果だ。

「人好きになったわけじゃない。警察に入ったのは性《しょう》に合っていそうだと思ったからだ」

「どこが……くだらない愛想笑いやお世辞ほど、タカユキに似合わないものはないのに」

「警察の楽しみを知らないと見える」

新しい仕事として警察官を選んだのは、自分自身の趣味に合わせたからだ。しかしそれをコリンに明かす必要はない。

「人と関わりたいなら、ボクがいたじゃないか。どうしてあんなに一方的に……」

「あの時わからなかったのなら、今言っても無駄だ。それにお前、別れを承知したはずだ」

「背を向ければ、追いかけてきてくれると思ったんだ」

稚拙《ちせつ》な手管《てくだ》のつもりだったらしい。

研究所の廊下ですれ違っていただけの時は、知能だけは高くても恋愛にはうぶで、内気な少年という印象だった。何年もたってから日本まで追ってくるような、ストーカーめいた執念深さを示すようになるとは、思わなかった。いや、うぶだったからこそ次の恋愛に心を移せず、自分に固執《こしゅう》するのか。

「俺に好かれたければ行動で示せ。場合によっては縒《よ》りを戻す気になるかも知れん」

「なんだよ、その言い方。サクライを死体に変えて送りつけてもよかったんだからね」

「じゃあ、まだ生きているわけか」

一瞬コリンの返事が遅れたのは、情報を与えてしまったことを悔やんだのか。それを打ち消そうとするような強気な口調で、コリンが答える。

「ああ、生きてるよ。サクライには、研究成果の実証に協力してもらっている」

「輪姦が研究成果か？」

「違うよ。あれは事後処理。本当の役割はね……ふふっ、見当もつかないだろうな」

　東條の知らない情報を握っているという優越感で、動揺から立ち直ったらしい。コリンは楽しそうに笑った。東條はメイ・ラボにいた頃の記憶を探った。コリンの研究テーマはなんだっただろうか。

（情報細胞学、発生学、細胞薬理学、遺伝子工学……手広くやっていたうえ、詳しいテーマは一般の所員には極秘にされていたな。プライベートタイムに訊《き》いても喋らなかったし……くそ、見当がつかない）

　ただ、生物の品種改良に対して強い興味を示していたことは、覚えている。『神になる快感』と漏らしていた。

「桜井の遺伝子をいじくったりでもしているのか？」

「へえ、覚えてたんだ。ボクが遺伝子工学の論文を書いてたこと。でもサクライに関しては違うよ。そういう使い道じゃない。……タカユキはまだあいつとヤってなかったんだよね？　サクライがそう言ってた。残念だろう？　先を越されて」

「別に。あとで残念がるくらいなら、さっさと手に入れている」

「負けず嫌いは変わらないね。送った画像をよく見た？　大勢に輪姦されてるサクライは、エロくていい顔をしてると思わない？」

　コリンの言うことは間違いではない。画像の中の桜井は、東條がまだ見たことのない表情をしている。焦点を失った瞳や、ふっくらした唇が唾液や精液で汚れている様は、そそる。胸元

は見ていたが、下半身がどんなふうかはこの画像で初めて見た。しかし、

「悪くはないが、しょせん強制された顔だな。つまらん」

「また、負け惜しみを」

「負け惜しみじゃない。桜井が一番いい顔をするのは、捜査中だ。面白いぞ、あいつは。……そうでなければ、この俺が引き回したりするものか」

舌打ちが聞こえた。

「そんなに、あいつのことを気に入ってるわけ？」

怒らせた方がよく喋るだろうとは思うが、怒らせすぎてもよくない。東條は話題を変えた。

「面白い素材だと思っている。ところでお前、なぜ日本に来た？　お前はメイ・ラボで優遇されていたはずだ」

「まあね。でも代わりばえがしなくて、つまんなくなった」

「何かメイ・ラボにいられなくなるようなことを、しでかしたんじゃないのか」

「気になる？　もちろん研究内容が原因じゃないよ」

コリンが含み笑う。どうやら色恋沙汰のもつれらしい。

（こいつは身持ちだけは堅かったはずだが……吹っ切ったのか、それとも体だけは許さずに他の人間を振り回すのを楽しんだか？）

どちらにせよコリンは今、自分に構ってほしがっている。しかしその手段が、他の相手との色恋沙汰を匂わせて気を引こうというのでは、稚拙すぎて話にならない。それに自尊心の高い

コリンに喋らせるには、おだてるより怒らせる方が効果的だろう。

「何が原因にせよ、それを口実《こうじつ》にわざわざ日本まで俺を追ってくるとは……」

「うぬぼれないで。タカユキを追ってきたわけじゃない。スウェーデンに行くっていう選択肢もあったんだ、そっちの研究機関からも誘われてた。でも寒すぎるのは嫌いだ。それで日本を選んだだけなんだからね」

「どうかな？　ずいぶんと俺に執着しているじゃないか。桜井を誘拐《ゆうかい》までして」

「あいつが邪魔だったからだ！　違う、変な誤解をするなよ！　タカユキのそばにいるから邪魔とかいうんじゃなくて、警察の捜査が……!!」

うろたえた口調が、嫉妬を証拠立てている。今自分が引けば、確実に食いついてくる。

「と、とにかく！　サクライを生かしたままで返してほしかったら、ボクの……!!」

「要らんな」

「え？」

「返す必要はない。俺が興味があるのは、いじめても叩いても食いついてきた桜井で、男に輪姦されて喘《あえ》いでいるだけの奴に、興味はない。そっちで処分してくれ。話は終わりだ」

「……ち、ちょっと。何を言ってるの。サクライが要らないっていうのはともかく、話は終わってないよ」

「四年前にお前とは終わった。じゃあな、コリン」

「待て！　切るな!!」

東條の声に本気の響きを感じたらしい。コリンが慌てて止めてきた。

(かかったな)

決裂でも構わないなら、わざわざコリンが電話をかけてくる理由はない。自分と踏み込んだ交渉がしたいからこそ、桜井を攫《さら》い、殺さず生かしたままにするという手間をかけて、連絡してきたのだ――そう思ってはいても、乗ってくる確率は六分四分と踏んでいた。

それだけ、自分に対する執着が強いのだろう。冷淡な口調を崩さないまま、答える。

「話を続けて何になる？　まさかお前が、拉致事件の犯人として自首するわけじゃあるまい」

「そんなことしないけど……わかったよ。プレゼントがあればいいんだろう？　警察官のタカユキが気に入るようなな」

「つまらんプレゼントなら、ない方がましだ」

「タカユキが容疑をかけてる、教団の摘発《てきはつ》っていうのはどう？　連続拉致、殺人、死体遺棄。これだけ揃《そろ》えば文句はないよね？　あと、麻薬の密売と製造もある」

「麻薬？　そんなものを作ってるのか、お前」

少々意外だった。コリンの専門は生物学で、薬理学や化学ではなかったはずだ。天才児ともてはやされていたコリンだから、他の分野に手を広げていても不思議はないのだが――。

携帯電話から、満足そうな笑い声が聞こえてくる。

「そうか、タカユキでもこれは想像がつかないかな。無理かもね。……ちょっと、あり得ない感じのことをしちゃってるから。データだけは揃えてるけど、研究発表も論文もなし、表には一切出してないんだ。見たい？」

「話の大部分を隠したままで、見たいかと言われても返事はできかねる。それに教団の摘発というのは本気か？　お前、飼われている身だろう」

「そういう言い方、やめてくれる。客分《きゃくぶん》だよ。だから待遇が気に入らなければ、出ていっても構わないんだ。最近ちょっと安く見られてる気配があるし、もう出ていく。そのついでにタカユキが功績を挙げたいなら、証拠をプレゼントするよ」

　コリンがやろうとしているのは単に出ていくだけではなく、売り渡しなのだが、こちらにとっては都合がいい。気持ちが動いた振りをしてみせた。

「教団が薬物を扱っていたことはわかっているが、製造までしていたのか」

「ボクはそのために招かれたんだよ。普通の麻薬とはわけが違う。効き目も中毒性も最高の一品だ。作るのに若い男が必要だったから、何人も拉致した。バラバラ殺人はその結果だ」

「話だけでは意味がない。証拠に何を寄こす？」

「麻薬の密造に関しては売買の書類も、製造方法の説明書もある。不意を突いて現場を押さえれば、麻薬そのものも手に入るよ。ただしボクの身柄は保障してほしい」

「司法取引狙いか。しかしお前が作った麻薬だろう。一般的なヘロインとは構造式が違うんじゃないのか。いわゆる脱法ドラッグだったら起訴できない。強行班としては、殺人や誘拐で挙げたいところだ」

「現場に強行突入すれば、サクライが監禁されてるよ」

「俺一人ではできない。捜査本部を動かせるだけの物証が必要だ」

「送りつけた画像があるだろう？　他にも、今まで拉致して殺した連中の写真や動画もある。解像度がいいから実行者の顔まではっきりわかる」

「デジタルカメラやビデオのデータは改竄《かいざん》が簡単だから、証拠としての有用性はない。誰か、フィルムカメラや八ミリで撮《と》った奴はいないのか」

「今時フィルムカメラを持ってるのは、よほどのマニアだけだよ」

頭から否定されたのが気に障《さわ》ったか、コリンの声が尖《とが》る。そこに足がかりを見つけ、東條は提案した。

「俺が持っている。だから現場へ俺を引き入れろ」

「無茶を言うね。証拠を持ち出すだけなら簡単だけど、警察の手引きなんかしたらボクの身が危なくなるじゃないか」

「大人数を引き込めとは言わない。俺だけだ。潜入《せんにゅう》して物証を手に入れるなら、一人で充分だ。お前は教団に拉致されて研究を強制されていた被害者だと、言い繕《つくろ》うことができる」

「無茶苦茶だね。ボクが客分だってことを知ってる奴は大勢いるよ」

「黙らせればいい。そのためにも俺を案内しろと言ってるんだ。お前にはできない口封じのやり方が、俺にはできる。正当防衛という形でな」

殺して口を封じると匂わせたら、コリンが息を呑んだ。

「……本気？　警察のくせに、平気なの？」

「警察官だからこそできるやり方だ。俺の性格はよく知っているだろう。……それともやはり、教団を裏切るだけの度胸はないか？」

迷いがあるのか、なかなか答えが返ってこない。東條は急かさずに待った。やがて溜息《ためいき》を一つついてから、コリンが問いかけてきた。

「ボクの身柄は？　利用するだけ利用して、放り出そうって言うんじゃないだろうね」

「お前次第だ。俺が満足するだけの成果が上がれば、可愛がってやる。本気で教団を裏切る気なら、絶対バレないようにしろ。よくわかっているだろうが、俺は足手まといな愚図《ぐず》を助けるほど親切じゃない」

この言葉には裏の役割がある。桜井をどうしても助けたいとまでは思っていないと伝えて、コリンを完全に信用させることだ。

（……実際、どうしてもというほどではないしな）

桜井次第だ。輪姦されるうちに精神が壊れて、自分が面白いと感じて興味を持った桜井でなくなったのなら、助けても意味がない。

「教団へもぐり込むったって、どうする気？　二度も捜査関係者を拉致するわけにもいかない。それに信者の中にはいろんな前歴の持ち主がいるから、ひょっとしてタカユキの顔を知ってる者がいるかも知れないじゃないか」

「多少の変装はする。お前が新しい助手を雇ったことにすればいい」

「まあ、以前から言ってはいたけどね。もっと有能な助手がほしいって。一応、薬物の精製は教団が寄こした連中にやらせてるけど、どうも信用できなくてさ。一番メインの部分には触らせてないんだ。その助手を、ボク自身がスカウトしてきたって言えば……」

話し合いが具体的な細部に及ぶのは、承諾の印といってもいい。東條はほくそ笑んだ。


独房のドアが開いた。ベッドに寝転がっていた桜井は、慌てて跳《は》ね起き、体を丸めて斜めに背を向けた。隙《すき》だらけの体勢なのはわかっているが、自分は衣服を奪われた全裸で、ベッドには布団もシーツもないのだ。股間《こかん》を隠さずにはいられない。

入ってきたのは、プロレスラーのような体格の男二人だ。今までに犯されたこともある。腕力ではかなわないから、抵抗しても無駄なのはよくわかっていた。

「おい、起きろ。出番だ」

「今日は休みじゃなかったのか？」

何日も続けて苗床《なえどこ》にされ、昨日はとうとう搾《しぼ》られても水のような精液しか出なくなった。疲労が強いと判断され、今日は休みと言われたのだ。しかし、

「臨時だ」

一言で片付けられて、手枷《てかせ》をはめられ、廊下へ連れ出された。

初日だけは、捜査状況についての尋問《じんもん》があった。けれどその後はただ、苗床にされるだけの

日々が続いている。休みなしで毎日搾り取られたら、体力がもたない。枯れきって男としての機能を失った場合、どうなるのか。あの触手怪物が自分を苗床として認めている間は、生かしておいてもらえると思うが、もしも苗床として不適格になったら、すぐに殺されるのではないか。

（殺される、とかって……生きていたいのか、僕は。みっともないな……）

怪物に犯され、大勢が見ている前で恥ずかしい産卵プレイをさせられ、そのあとには輪姦される。こんな真似《まね》をさせられるくらいなら、いっそ殺してほしいと願っていたはずなのに、繰り返すうちに慣れが生まれてきたのだろうか。苗床になってでも生きたいと願っている。

しかし死にたくても生きていたくても、今の自分は意志のままに行動することができない。力ずくで従わされるだけなのだ。

桜井は怪物の飼育室があるフロアへ連れていかれた。いつもなら、このあと、飼育室へ放り込まれる。コリンは隣室にいて、ガラス窓越しに自分を観察してデータを取る。しかし今日はいつもと違っていた。

飼育室の前には桜井を待ち構えるように、コリンともう一人、白衣を着た男が立っている。脂性《あぶらしょう》なのか、白髪《しらが》が交じった髪は見るからにべったりし、肉の厚い頬《ほお》には吹き出物が散っていた。不健康な猫背の姿勢と、今時流行《はや》らない壜底眼鏡《びんぞこめがね》が、漫画の登場人物のような滑稽《こっけい》さというか、作り物めいた感じを与える。

自分はコリン以外の研究者には会ったことがない。しかしあの触手怪物を飼育し、毎日産み付けられる卵から麻薬を密造しているのだから、他にも研究に携わる者がいて当然だ。だが桜井の腕をつかんでいる男二人も、今日現れた男を知らないらしい。顔を見合わせたあと、片方がコリンに向かって問いかける。

「先生。そいつは……」

「そいつなんて言い方は失礼だよ。ボクの新しい助手だ。グレッグ・ワン。中国系のアメリカ人。前にボクがいた研究所で、分子生物学を専攻していた。日本語はコンニチワとアリガトぐらいしか話せないから、彼と喋る時は英語か中国語かドイツ語でね」

「ち、ちょっと待ってください、先生。助手なんて聞いていませんが」

「ボク一人で管理するのは無理がある。変わり者だけど有能だよ、彼は」

「企画部長は知っているんでしょうね？」

「当然だ。以前から助手が必要だって言っておいた。それなのに埒《らち》があかないから、自分で連絡を取って連れてきたんじゃないか」

「その、ワンという人が今日から来てるってことは、連絡済みなんですか」

「来ることは知らせたよ。ただ、ボクはグレッグを迎えて研究の内容や施設のことを説明するのに忙しかったし、向こうも忙しいからね。本当に連絡だけだった。夜にでも改めて引き合わせるつもりだけど」

「部長の承諾なしに人員を入れたのは、いくら先生でもまずいんじゃ……」

「なんだよ、さっきからごちゃごちゃと、まるでスパイ扱いじゃないか。グレッグに日本語が通じないからいいようなものの、気を悪くするよ。疑うなら部長を通して、ボクが前に所属してた研究所に照会すればいい。グレッグ・ワンっていう研究員が本当にいたかどうか。肝炎のせいで研究所を辞めて療養してたけど、治ったって聞いてボクがスカウトしたんだ」

ワンという男がコリンに話しかける。巻き舌の英語で桜井にはほとんど聞き取れなかったが、怒っている口調に思えた。

コリンが英語で答えてから、男達の方に視線を戻した。

「ほら。怒っちゃったじゃないか。早く研究に入りたいのに、なんで邪魔《じゃま》されるのかって。いいから、さっさとサクライを飼育室へ入れて」

「しかし」

「なんなんだよ。これ以上文句を付けるなら、ボクは手を引く。もう一切協力しないよ。言っておくけど、パチェスを扱えるのはボクだけなんだからね」

「わ、わかりました。申し訳ありません」

コリンの声が尖ったせいか、質問はやんだ。かさにかかった口調でコリンが言葉を継ぐ。

「じゃ、早く部屋に入れて。いったん帰っていいよ。助手が来たことだし、今日は産卵効率を上げるための新しい実験をする。産み付けが終わったら呼ぶから」

「しかし、何かあった時のために監視をしませんと。頼りなく見えてもこいつは刑事ですから、不意をついて暴れるかも知れません」

「そうならないように、サクライが疲れきってるタイミングを選んだんだ。……君達にそばでハァハァ興奮されちゃ、ボクの気が散る。薬物を使う新しい実験だから、集中したい。パチェスの反応を一つでも見逃したら、実験の意味がなくなる」

「ビデオがありますよ」

「補助手段にしかならないね。ビデオや写真じゃなく、自分の目や耳が一番頼りになるんだ。やっぱり研究者じゃないと、こういう感覚はわからないんだろうな。……とにかく、パチェスの性質を一番よく知ってるのはボクなんだ。君達はボクの言うとおりにしていればいいんだよ。そうすればもっと効率よく、卵が手に入る」

さらに何か押し問答しているようだったが、コリンの方が立場が強いのだろう。結局男達は渋々《しぶしぶ》といった顔で承諾した。コリン達は安全な隣室からガラス窓越しに観察するつもりらしい。

隣のドアの中へ入っていった。

「おい、お巡《まわ》り。逃げられると思うなよ。ここに監視の人間がいなくたって、研究所からは出られやしないんだからな」

「何かあったら、ガバガバになるまで輪姦《まわ》したあとで、冷凍庫に放り込んでやる」

コリンに言い負かされた憤懣《ふんまん》を桜井に向けたのかも知れない。男達は桜井を飼育室へ放り込み、捨て台詞《ぜりふ》を投げて出ていった。

桜井一人を残してドアが閉まる。へたりこんだまま顔だけを上げ、周囲の様子を窺《うかが》った。しかしその間もなく、奥の間仕切り壁が上がった。もたれかかっていた桜井は、バランスを崩して転がった。

奥の隅に、あの怪物がいるのが見えた。

何度見ても慣れることはない。これから自分が何をされるかわかっていれば、なおさら忌《い》まわしい。顔をそむけ、桜井は隣室との間の大きなガラス窓に視線を向けた。コリンとその助手という男が並んで、こちらの部屋を見ている。助手の視線は、奥の隅にいる怪物に向いているようだ。何かコリンに問いかけているが、ガラス越しなのでこちらに声は聞こえない。

それよりも桜井は、コリンが男に向ける表情に驚いた。

（なんだ、あの態度？）

コリンからは、さっきまで男達に対していた時の横柄《おうへい》さが消え失せている。男を見る瞳には媚《こび》が浮かび、腕をからませる仕草も、まるで恋人に対するもののようだ。あんな風采《ふうさい》の上がらない男に、高慢なコリンが夢中なのが奇妙に思えた。

当惑している桜井を視線で示して、コリンが男に話しかける。聞こえなかった声が、急に天井から響いてきた。

「……てれば、わかるよ。それよりどう？　あの無様な格好。助ける価値なんてゼロだよね。あれがもっといやらしくてみっともない顔で、アンアン言うようになるんだから」

これだからコリンは嫌いなのだ。自分に聞かせるために、わざとスピーカーのスイッチを入れたのに違いない。しかし、続いて聞こえてきた返事に、桜井はハッとした。

「無様なのは最初からわかっている」

さっきコリンが新しい助手について、『日本語がほとんど話せない』と言っていたのに、今聞こえてきた返事はなめらかな日本語だ。しかもこの声は――初めて耳にした時に思わず聞き惚《ほ》れたほどの、深みのある声は、間違えようがなかった。

(警部は、こんな内にこもった喋り方はしない。だけど警部の声だ。どうして……?)

彼がここへ来るはずはない。だがあの声と、冷淡で傲慢《ごうまん》な口調は東條としか思えない。

コリンがあの男の腕に取りすがって甘える。

「ねえ、そんなもっさりした格好じゃ話しにくいよ。誰もいないし、元に戻れば?」

「監視カメラや盗聴器《とうちょうき》はないのか?」

「ここととボクの部屋には、そういう物は一切仕掛けてない。ボクが自分で発見機を使って調べたから確かだ。ここの連中は、ボクの機嫌を損《そこ》ねないよう気を遣《つか》っているからね」

「そうまで言うなら外そう。この格好は暑苦しい」

くぐもっていた男の口調が、急に濁《にご》りのないクリアなものに変わった。桜井の体が引きつった。必死に首を曲げ、ガラス窓に目を向けると、ふくれていた男の頬が、すっきりしたラインに変わっている。手に持っているのは、口から出した含《ふく》み綿《わた》か。あれで顔の形と声質を変えていたのだろうか。

(や、やっぱりそうなのか? いや、でもまさか、そんな……)

声と口調を聞いた時に、東條だと感じた。けれどももしそうなら、怪物が自分を凌辱《りょうじょく》するのを黙って見ているはずはないだろうと思った。いくら傲岸《ごうがん》な性格でも、部下が犯罪組織の餌食《えじき》にされているのだ。止めるのが当たり前だ。だから、違う――そう思っていた。

桜井の目に、助手の男が顔の皮をめくる光景が映った。下から現れたのは、桜井がよく知っている顔だった。

(嘘だ……嘘だ、こんなところに、いるわけが……!!)

東條警部がただ一人で、こんな場所にいるわけはない。来るなら、警察官を引きつれて一斉捜索に来るのが当たり前だ。だが、あの顔はどう見ても——。

混乱する桜井に、特殊メイクを剝《は》がした顔が、まっすぐな視線を向けてきた。いつもかけている銀縁眼鏡《ぎんぶちめがね》がない分、独得の威圧感をにじませた、強い眼差《まなざ》しがはっきりわかる。あんな眼は、一人しかいない。

「そんな！　どうして……っ!!」

思考がついていかない。東條が一人きりでここにいるのも、コリンと恋人同士のように寄り添っているのも、理解できない。ただ、自分が全裸なのを思い出して、前かがみになり両手で股間を隠すのが精一杯だった。

動揺しきっている桜井の耳に、信じがたい言葉が聞こえてきた。

「生物学は専門外だが、人間への卵の産み付けというのが、どういうふうに行われるのか、興味は覚えるな。やってみせてくれ」

愕然として、桜井はガラス窓越しの隣室を注視した。

犯罪組織の幹部に向かい、部下を怪物の生贄《いけにえ》にするように、そそのかしているのだ。同じ警察組織に属するものとして、捜査でペアを組んでいる上司として、あり得ることだろうか。

ぽかんとしていたコリンが、半信半疑といった表情で問いかける。

「……あいつ、部下だよね？　タカユキが指名してペアを組んだんじゃなかったの？」

「だからといって、執着しているわけじゃない。足手まといには興味がないと言ったはずだ。強制捜査が入ったあとでは、産み付けを実際に見ることはできないだろう。見てみたい。お前がどうやってあの怪物をコントロールしているのかも、興味がある」

短い沈黙のあと、コリンが声をたてて笑いだした。

「いかにもタカユキらしいよ。……サクライ、聞こえる？　タカユキはもうお前に興味はないってさ。見せてあげるといい。最初の触手プレイから最後の産卵プレイまで、じっくりと」

天井からガスが噴射された。ほんの一、二秒だったが、怪物を起こすには充分だった。触手がうねり始めるのを見て、桜井の体がこわばった。

その間も、隣室の会話がスピーカー越しに流れてくる。

「俺の方から言っておいてなんだが、時間は大丈夫だろうな？　さっきの連中、言い負かされはしたが納得はしていないという顔だった。おそらく部長に問い合わせるぞ」

「だから今日、この時刻を選んだんじゃないか。教団全体の祈禱《きとう》集会だからね、おかしいと思っても抜け出してはこられない。集会が終わってからここへ急いで戻ったって、三時間近くかかるよ。……見せてあげる。ボクのパチェスが、どんな能力を持ってるか」

桜井にはそれ以上、スピーカーから聞こえる声に注意を払う余裕はなかった。

獲物の気配を探すように空中をさまよっていた触手の一本が、先端を向けてきたのだ。音か、においか、温度かはわからないが、怪物は自分を見つけたらしい。情報はすぐに伝わるようで、たちまち他の触手も自分の方を向く。

そしていっせいに襲《おそ》いかかってきた。

（いやだ、こんな……こんな格好を、警部に見られるなんて！）

今までさんざん恥ずかしい目に遭《あ》ってきた。異形《いぎょう》の怪物にいたぶられてよがる姿や、産み付けられた卵を後孔から産み落とす姿を撮影されたうえ、輪姦された。これ以上恥ずかしく情けないことなど、起こりえないと思っていた。

けれど敵ばかりの中で辱めを受けるのと、この浅ましい状態を上司に見られるのとは、まったく別物だ。

「いやだっ、見ないで……見ないでくださいっ！　お願……ひっ、ぁあ!!」

手足や胴に触手が巻き付き、桜井を本体のそばへ引き寄せて、高々と持ち上げる。続いて肉ブラシのような触手が、全身を舐《な》め回し始めた。

自分の体が、卵を産み付けるのに適しているかどうかを調べる手順だ。毎回、同じくらいの時間をかけて嬲られ、体液を採取される。前に産み付けた相手だとはわからないのか、あるいはわずかな期間であっても、宿主の体に変化が起きている可能性があるからか。

口に触手が押し入り、声を封じる。

後孔の小襞《こひだ》をほじるように探り回され、くすぐったくてむず痒《がゆ》くて、勝手に体がくねってしまうのに、逃げることも声を出すこともできない。

「むっ、ぅう……ん、ぐっ……ふ……」

いやでたまらないのに、どうして自分の体は浅ましく反応してしまうのだろう。

「見て。あいつ、あんな化け物に嬲られて興奮してるんだよ」

天井から響くコリンの声が、桜井の羞恥《しゅうち》と屈辱を煽《あお》った。

「タカユキに見られて、普段より激しくよがってる。いい部下を持ったね」

東條の返事は聞こえない。眼差しが桜井に突き刺さってくるばかりだ。

(いやだ、もう……いやだっ！)

必死に首を振り、口を犯していた触手を吐き出した。夢中でもがいた。けれど手足を拘束した触手は、小揺るぎもしない。肉疣《にくいぼ》がびっしり生《は》えた舌が全身を這《は》い回る。

「ち、違うんです、警部っ……はぅ！　あぁっ、こんなの、違……‼」

感じてはいけない、東條警部が見ている前で反応してはだめだ——そう思えば思うほど、触手の感触を意識してしまう。

細かい肉疣がびっしり生えた触手が、内腿《うちもも》や双丘《そうきゅう》の谷間、脇腹など感じやすい皮膚をこすり立てる。昂《たかぶ》りを二枚で前後から包み込まれ、しごかれる。ぬるぬるする液が、硬く尖った乳首に粘りつき、舌状《ぜつじょう》の触手が離れる瞬間、先端と触手の間に銀の糸が張る。

乳首はまだしも、肉茎《にくけい》と触手の間でぬちゅぬちゅと音をたてる液体を、自分の先走りと間違えられたくない。

(違うんだ、まだ出たり、してない……してない、はずだ。先走りなんて、まだ……あぁ、で

も、警部に見られてる……こんな恥ずかしい、格好……また馬鹿にされる……っ）

羞恥が刺激となって、桜井の心を責める。あの傲慢で冷ややかな瞳を向けられることを想像しただけで、体が熱い。怒りと悔しさだけのはずなのに、なぜか、その想像は倒錯《とうさく》した甘みを帯びていた。

「涎垂《よだれた》らしてアンアン言って、腰まで振っちゃって。どう、タカユキ？　エロくていい顔だろう。刑事なんかより、あいつには男娼《だんしょう》の方がよっぽど向いてるよ」

東條に話しかけるコリンの声が大きめなのは、桜井にも聞かせる意図があるのだろう。

（畜生……）

悔しいけれど、言い返せない。全身で感じているせいだ。何か喋ろうと口を開けば、甘ったるい喘《あえ》ぎばかりがこぼれてしまう。それにコリンの言葉は、誇張《こちょう》が入っているとはいえ真実を突いている。

東條が呟《つぶや》いた。

「桜井より、あの生物が気になる。なぜ今までニュースにならなかった？」

「一般の連中が興味を持たない情報は、広まらない。クジラの数が減ったら大騒ぎになるけど、ダニの一種が絶滅しても誰も関心を持たない。一般受けしない情報は、専門家しか知らないってことになるのさ。逆に言えば、意識して情報を隠すのは簡単なことなんだよ。そんなの、タカユキも知ってるだろう？」

「まあな」

「しかもあれの原種は、コイン程度の大きさで、ダニや昆虫を狩《か》っている目立たない生き物だよ。誰もあんな物に興味を持たない。発見して論文を書いた人間だって習性を報告しただけで、分泌《ぶんぴつ》するアルカロイドの価値には、少しも気づいてなかったんだ。ここまで大きくなるよう品種改良するのは、大変だった」

「本物か。……一本でいいから、切り取って実験してみたいな」

「切っちゃだめだよ。雑菌や埃《ほこり》が断面から入ったら困る。ああ見えて環境変化に弱いんだ。実験したければ、ボクと組めばいい。タカユキが手伝ってくれれば効率が上がる」

「俺は生きた状態のものを触るより、細胞レベルに細かくしていじり回す方が得意だ」

二人は、この場にいるのが自分達だけであるかのように、平然と会話している。そのすべてが、天井のスピーカーを通して桜井の耳に届く。

視界がぼやけた。悔し涙がにじんだせいだった。

さっきまでは、上司の前で痴態《ちたい》をさらす恥ずかしさに、居たたまれない思いをしていた。しかしそもそも、自分をこんな状況に追い込んだのは東條だ。恥ずかしさを押しのけて、悔しさが込み上げてくる。

「幼生を孵化《ふか》させて渡すことができればいいんだけどね。教団の要請で卵はすべて麻薬の原料に使っているし、何より今は苗床が一人しかいない。卵を孵化させる余裕がないんだよ。孵化した場合、親がその人間に次も産み付けるかどうか、わからないから」

「なるほど。……しかし産卵しようとしているようには見えない。獲物をいたぶっているだけに見えるが」

「産卵するのに適しているかどうか、調べるためだろう。精液を搾り取って、毒や病原体を持っていないかどうかチェックするのと、本体の栄養摂取も兼ねてるみたいだ。精液を搾り取った回数で、次の産卵個数が変わるから。だから触手は強い媚薬《びやく》を分泌するんだ」

「その分泌液を精製するわけか？　教団が儀式と称して乱交パーティを開いているという情報がある。媚薬を使っているんじゃないのか」

「ううん。親の分泌液は使わない。親触手は性的な興奮を煽ることで、宿主が抵抗なく産卵管と卵を受け入れるようにする。でも産み付けたあとに、宿主が暴れて卵を割っちゃまずいから、卵から出る液には触手が出した媚薬を中和して、幸福感を与えて、あまり動かないようにする効果がある。こっちの方が中毒性がすごく強くて、売り物としては優秀だそうだ」

「なるほど。研究と商売は別だからな」

　本当に東條は、自分のことはどうでもいいようだ。

　最初から敵とわかっているコリンは仕方がない。しかし東條は、変装までしていったい何をしに来たのか。警察官の立場を忘れて、コリンと旧交を温めに来たのだろうか。ひどすぎる。

　コリンは得々と研究成果を喋っている。

「原種は単にダニや昆虫をつかまえて卵を産み付けるだけなんだ。獲物が動いて遠くへ行くから、繁殖地を増やせる。原種から引き継いだのは、卵が麻薬によく似たアルカロイドを含んでいるってこと。効率よく卵を取るために大型にしようとして、近縁種と遺伝子交配してたら、いろいろな性質が交じったみたいなんだ。人間の精液を最適な栄養源と見なして、牡だけを獲物に選ぶようになったのは予想外だったけどね」

「しかし、お前が研究していたのは人間の遺伝子じゃなかったか？　こんなものを品種改良するのは妙だ。誰かの研究を横取りしたわけじゃないだろうな」

「人聞《ひとぎ》きの悪い。共同研究だったんだよ。でもそれじゃ能率が上がらないから、ボク一人での研究に切り替えただけ」

「共同研究に持ち込んだり、そのあと横取りするのに、色仕掛けを使っただろう」

「妬《や》ける？」

意味ありげに笑ったコリンが、東條のズボンの前に手を伸ばした。ファスナーを下ろした。隙間から指を差し込む。桜井は愕然とした。

（ちょっ……な、何やってんだ、人前で！）

驚きが大きすぎて、自分が触手に嬲られていることさえ頭から吹き飛んだ。二人から視線を離せない。

コリンが不満げに眉根《まゆね》を寄せるのが見えた。

「ボクが触ってるのに……」

「俺があれを見て、興奮していた方がよかったのか？」

顎《あご》をしゃくって東條が示したのは、怪物の餌食になっている自分だ。コリンが表情を一転させ、機嫌のよさそうな笑い声をたてた。

「そうか。タカユキはあいつじゃ興奮しないんだ」

「お前とするのは構わないが、本当に時間は大丈夫だろうな？　グレッグ・ワンに不審を持った奴らが、上層部の指示を待たずにまたこの部屋へ様子を見にきたら、面倒なことになる。俺は自分の身は守れるが、足手まといを助けるつもりはないぞ」

「早く終わらせればいいんだよ。ねえ、勃《た》てて、タカユキ」

「それほど安くない。お前次第だ。五分で勃たせられなかったら、諦めろ」

そう言って東條は操作盤の前にあった椅子を引き寄せ、腰を下ろした。傲慢な言い方をされても気にする様子を一切見せず、コリンは東條の脚の間に膝をつき、股間に顔を埋める。

空中高く吊り上げられている桜井には、東條とコリンの様子がはっきり見えた。

どうせ座るのなら、もっと部屋の奥へ椅子を運べばいいのに、ガラス窓のすぐ近くで行為を始めるから丸見えだ。それとも見せつける意図だろうか。自分に対しては高圧的なコリンが、東條には媚びるような上目遣いを向けているのが腹立たしい。

そのコリンを見下ろす東條は、いつもと変わらない冷たい表情をしていた。

「んっ……ふ、ぅ……ん……」

スピーカーから、コリンの鼻にかかった甘い息遣いが響いてくる。

（……っ……）

桜井は生唾《なまつば》を飲み込んだ。

喉の奥を突かれたのか、コリンが小さく噎《む》せて牡から口を離した。けれどもそれでいやになったような素振りは、まったく見せない。逆に、霞《かすみ》がかかったようなうっとりした瞳になった。手を添え、横から丁寧に舐め回す。

ピンク色の舌に舐め回されて、さっきまで退屈そうにしていた東條の牡が、蛇《へび》が獲物を狙って鎌首《かまくび》をもたげるように、ゆっくりと勃ち上がる。

血管が浮き出た牡が、他人の唾液に濡れて、てらてらと光っていた。

（うぁっ……）

東條警部の、本来なら決して自分が見るはずのない姿を、目の当たりにしている。大きい。桜井自身の肉茎より、二回りは大きいかも知れない。あの牡が一層猛《たけ》り立って白濁をほとばしらせるには、どれほどの時間がかかるだろう。あの傲慢な男は、達する時にどんな顔をするのだろう。そんな想像が、ちらっと頭をよぎった瞬間、桜井の体に変化が起きた。

（な……なぜ、急に……？）

股間が熱い。肉ブラシのような触手に嬲られて、全身がほてってはいたけれど、積もった疲労のせいか、まだ半勃《はんだ》ち程度だったのだ。それなのに東條の牡が猛り立つ様子を見て、達するのを想像して——自分の肉茎は硬く熱く、今にもはじけそうなほど昂っている。

（こんなの、おかしい。警部を見て興奮するなんて、そんな……）

ここへ拉致されてきてから何度も輪姦された。触手にも嬲られた。体は意志を裏切って快感に屈し、数えきれないほど射精したけれど、独房へ戻されたあとはいつも、口惜《くちお》しく情けない思いに涙した。また快感を味わいたいとか楽しみだとか考えたことは、一度たりともない。

（それなのにどうして、勃ったんだ……？）

いくら輪姦されても、同性愛に目覚めたりはしていない。

まして東條警部に対しては、その才能に尊敬を覚えはしても、人間性に対する反感の方がはるかに強い。性的な関心など皆無のはずだ。

（……変だ、こんなの）

胸の鼓動《こどう》が速い。東條の前にひざまずき、牡に舌を這わせているのはコリンなのに——桜井の唇をこすり、口腔《こうこう》に侵入して中を探り回っているのは怪物の触手なのに、まるで自分が東條に口で奉仕しているかのような感覚を覚える。

教団の男達から口を犯された時に味わった、弾力や熱や、先走りの苦さが舌に蘇《よみがえ》る。

（違う。僕がやってるわけじゃない……警部に、そんな意識は持ってない!!）

意識が奇妙な方向へ流されるのを防ごうと、必死になって自分自身に言い聞かせる。

（コリンが変態なんだ！　僕は、男にあんな真似をするのはいやでたまらなかったのに、あいつは積極的にくわえて、しゃぶったりして……警部もどうかしてる!!　すぐできなかったら諦めろとか偉そうに言ってたくせに、結局勃ってるんじゃないか！）

そう——結局は自分も、反応してしまっている。

性格はともかく、見た目だけは天使像に命を吹き込んだような美形のコリンが、東條に与えているのは、どんな快感なのか。人に口淫《こういん》された経験はないから、わからない。

あのチェリーピンクの唇は、きっとマシュマロのようなやわらかさで、牡を包み込むのだろう。コリンは東條の牡に手を添え、唾液で濡れ光る舌全体を使って舐め上げたり、あるいは先端を細く尖らせ、笠《かさ》の裏側を丁寧にほじったり、尿道口をつついたりしているようだ。

（あんな……あんな責め方、されたら……）

東條の受けている奉仕が、どんな快感を呼び起こすのか。その想像が、自分が今触手怪物から受けている責めとオーバーラップし、自分が東條になったような感覚を生む。

だが東條は、捜査会議に出ている時と同じような平静な顔だ。自分があんなふうにされたら、たちまち達してしまうだろう。連日の責めで出る液などなくなってしまったと思っていたのに、硬く熱く猛り立って、今にも射精しそうな――。

（こ、こんな馬鹿なっ……!!）

さっきから自分はおかしい。興奮の度合いが異常だ。

今までは、触手に嬲られたり男達に輪姦されたりして達してしまっても、体の感覚だけが先行しているという気配が強かった。だが今、東條が傲然として口腔奉仕を受ける様子を見ながら、触手にいたぶられていると、まるで自分自身が東條に奉仕しているような――あるいは、東條と同化して肉茎を舐め回されているような、異様な昂りを覚える。

体だけでなく、気持ちまでが熱くなる。

捜査でペアを組んだ上司というだけなのに、東條の様子を眺め、そして自分の無様な姿も東條が視線を上げれば見えてしまうはずだと思うと、なぜこうも興奮してしまうのか。

（変だ、こんな……見ちゃいけない。これ以上見たら……）

桜井は固くまぶたを閉じ、東條とコリンの行為を見るまいとした。けれども今度は、天井のスピーカーを通して聞こえてくる、ぴちゃぴちゃと舌を鳴らす音と鼻にかかった息遣いが気になって、余計に体が熱くなってしまう。

あれはコリンの息遣いのはずだ。東條はどんな顔をしているのだろう。

(警部も、少しは感じてるのか？　まだ平然としたままか？　それともさっきまでの無表情は演技で、今頃はイキそうになってるのかも……)

ぐるぐると定まらない思考が、桜井自身を昂らせる。目を閉じて妄想していたのでは、自分が先に達してしまいそうだ。コリンの声が聞こえた。

「出していいよ、タカユキ」

限界が近いのだろうか。せめて東條が感じてよがっていてくれれば、自分だけが惨《みじ》めな思いを味わわずにすむ——そう思い、目を開けた。

あいにく、東條はいつもどおりの傲然とした表情でコリンの奉仕を受けている。

コリンは牡を口から出して、愛《いと》おしげに頬ずりしていた。紅潮《こうちょう》した頬やサイドの金髪を、唾《だ》液《えき》と先走りが汚している。ビスクドールを思わせる清らかな美貌に淫《みだ》らな笑みを浮かべ、上目遣いで見つめられたら、誰だってすぐ達してしまうに違いない。一方的な憎悪をぶつけられてコリンを嫌っている桜井でさえ、思わず生唾を呑んだ。

しかし東條にはなんの効き目もないらしかった。かすれもうわずりもしない声で、コリンに命じる。

「それじゃお前が物足りないだろう。下を脱いでまたがれ」

コリンが意外そうに目をみはる。桜井も唖然《あぜん》とした。口淫だけでも最悪だと思ったのに、東條はこんな場所で敵の幹部を相手に、本番に至るつもりでいるらしい。

「時間が気になるんじゃなかったの？　怪《あや》しまれて、教団の連中が駆けつけてきたらまずいって言ってたじゃないか」

「お前がいやなら別にいい。久々だから、楽しませてやろうかと思っただけだ」

「いやなんて言ってないったら。可愛《かわい》くない言い方は昔のままだよね」

コリンは舌なめずりをしてズボンと下着を脱ぎ捨てた。女性的な容貌のせいか、白衣が白いミニワンピースに見えなくもない。椅子にかけている東條に抱きつく格好で膝にまたがろうとしたが、思い直したように立ち上がって離れた。

「待って。潤滑剤《じゅんかつざい》を塗る」

「そんなもの、常備してるのか？」

「まさか。スキンクリームだよ、研究室は乾燥するからね」

壁際のデスクへ歩いたコリンが、いそいそと引出しを探りチューブを取り出している。さすがに恥じらいを覚えるのか、東條には背を向けて、白衣の裾《すそ》に手を入れた。東條はその間、傲然と椅子に座っているだけだ。

（……？）

いや、違う。コリンが背を向けている間に、東條の手が操作盤の上をなぞっている。助けてくれるのだろうかと、桜井は期待を込めて東條の手元を見つめた。しかし何も起こらない。怪物の触手は相変わらず自分の体を這い回っている。気を抜くと、体の快感に負けて達してしまいそうになる。

操作盤にどういう機能があるのかまではわからないが、もしや東條は単純に元研究者としての興味でいじっているだけなのだろうか。

（あり得る。僕のことも警察官の立場も忘れて、好奇心だけとか……警部ならあり得る）

エキセントリックな東條の性格なら、やりかねない。

不安に駆られた時、準備ができたらしくコリンが東條のそばへ戻ってきた。向かい合わせに膝に乗るつもりだったようだが、東條が胴を両手でつかまえ、反対向きにした。

「バックにしろ」

「背中を向けてると位置が調整しにくいよ」

「それは俺がやる。お前を持ち上げるくらい簡単だ。忘れたか？」

「覚えてる。じゃ微調整はボクがするね。注文を付けるなんて、気分が乗ってきた証拠？」

楽しげに笑い、コリンは東條に背を向け、軽く開いた脚の間に、きっちり腿を合わせて座った。白衣の裾が腰回りをかろうじて隠している。その体を東條が腕の力だけで持ち上げ、自分の方へ近寄せて、下ろした。

「やっ……もう少し右。そう、そこ。当たってる」

コリンが首をひねって後ろを向き、東條に甘い笑みを向ける。だがすぐに、切なく眉根を寄せた顔に変わった。

「あぁっ！　ぁ、はぅっ……!!」

二人の体が揺れ始める。

（ほ、本当に、ヤり始めた……信じられない）

桜井は茫然《ぼうぜん》と眺めていた。

決して荒っぽい突き上げ方ではない。むしろ緩やかで、動きの幅も小さい。

それなのに、ほんの数回揺さぶられただけで、コリンの息遣いが甘ったるく変わり、表情も艶《つや》っぽさを増していく。

「あっ……ぁあ、んっ……ふぅ、ぁ……」

言葉にならない喘ぎ声をこぼしながら、コリンが東條の片手をつかまえ、自分の股間へ導いた。白衣の生地《きじ》を持ち上げて勃ち上がる肉茎を、しごかせるつもりらしい。

「んっ……お願い、ここも……あぁっ、タカユキ、いいよぉ……」

「貪欲《どんよく》なところは変わらないな」

東條が口元だけを笑わせた。白衣に手が隠れてはっきりとはわからないが、求められるままにしごいてやっているようだ。コリンは東條の手に自分の手を重ね、一緒に肉茎をしごく仕草を見せていた。その体が、前後左右上下に揺れている。

「は……あう、ん……っ……」

額《ひたい》に汗をにじませ唇を半開きにして、もっと快感を貪《むさぼ》りたいと言わんばかりに自分から腰を揺さぶるコリンと、対照的に口元に冷ややかな薄笑いを浮かべた東條を見ていると、怒りに体が熱くなる。

（恥知らず……警察官の、それも警部のくせに。部下が見ている前で、よくもこんな……）

とはいえ口には出せない。自分も完全に勃ってしまっているせいだ。

奉仕しているコリンと自分が口腔奉仕させられた時の感覚が重なってから、おかしくなった。今も、自分をいたぶっているのは怪物の触手なのに、まるで東條に触られているような錯覚を覚える。

（変だ。これじゃまるで僕が、警部に気があるみたいじゃないか。そんなの全然……っ！）

桜井は音をたてて息を吸い込んだ。東條がこちらへ顔を向けたせいだ。

「……っ……」

懸命に顔をそむけようとしたけれど、東條の眼力《がんりき》に負けて、からんだ視線を外せない。目が合ったのは、自分がずっと見つめていたせいだと、気づかれただろうか。それとも偶然に目を向けるタイミングが一致しただけとでも、誤解してくれただろうか。

（……いやだ、見るな……見ないで、くださ……あ、あぁ！）

東條と目が合った瞬間、体の中に蓄積していた熱が、一気に噴き上げた。昂りがはじける。熱い。熱い。

「く……!!」

息が詰まる。びくびくと身を震わせたあと、桜井は空中に吊り上げられたまま虚脱した。それでもまだ、触手は自分を解放してくれない。

（見られた……こんな、イくところまで、全部……）

悔しくて情けなくて、涙がにじんだ。だがスピーカー越しに聞こえる東條の声からは、なんの感情も窺い知れなかった。

「桜井が出したようだぞ。放っておいていいのか？」

「んっ……あ、あんな奴、どうでもいいっ……」

「産卵が始まるんじゃないか？」

「一回搾り取っただけじゃ、始まらないよ……いつも、最低二発は……あはぁっ！　そこっ、そこ、いいっ！」

「まったく、始めると見境《みさかい》がなくなるな、お前は」

桜井のことなど、本当にどうでもいいのだろうか。東條は、膝にまたがらせたコリンを背後から揺さぶっているばかりだ。

（……？）

どこか動き方が不自然だという気がして、桜井は二人を注視した。

東條が、コリンに操作盤を見せないようにしている。そんなふうに思えた。コリンの顔が向きかけるたび、うなじに舌を這わせてのけぞらせたり、緩かった腰の突き上げを不意に速めたりして、コリンに悲鳴をあげさせる。注意を逸《そ》らしているような気がした。何か仕掛けたのだろうか。

「あっ、あああぁ！　タカユキっ……!!」

コリンが甲高い悲鳴をあげ、びくびくと体を震わせる。達したのかも知れない。東條がどうしたのかまではわからないが、表情が変わっていないから、まだなのではないだろうか。

だがその時――異変が起こった。

東條達がいる部屋ではなく、桜井のいる部屋の中でだ。

（……え？）

桜井を苛《さいな》み続けていた肉ブラシの動きが、唐突《とうとつ》に弱まったのだ。

肌に貼り付き密着していた触手が、しおれた葉のように、ぺらんと離れて垂れていく。それだけでなく、桜井の手足に巻き付き、体を宙に持ち上げていた触手の力も弱まってきた。桜井の体がずるずると傾き、高度が下がる。

「ち、ちょっと、待っ……危な……!!」

三メートル近い高さから、桜井の体は床へ落ちた。一部の触手がまだ巻き付いていてクッションになったのは幸いだったが、腰と左肩をしたたか打った。

「い、痛い……」

何が起こったのだろう。顔を上げると、あの触手怪物が湯をかけられた雪だるまのようにしなびて、縮んでいくのが見えた。腕や足に巻き付いていた触手も力を失っており、振り払ったり、つかんで引っ張ったりすると、簡単に取れてしまう。

（な、なんだ？　何が起きたんだ？）

壁にすがって立ち上がった時、スピーカー越しにコリンのわめき声が聞こえてきた。日本語を話す心の余裕がないのか、ヒステリックな英語だった。東條の英語と、平手打ちのような音がそれに重なる。

「わめくな、うるさい。事故じゃない。予定どおりになっただけだ」

続いて聞こえてきたのは日本語だ。どうやらこの怪物がしおれたのは、東條が何かやらかした結果らしい。

（操作盤で何かしていたように見えたけど……）

逃げるなら今のうちかと、よろめきながらも怪物のそばを離れて、ドアへ近づいた。しかし取っ手も何もないスライドドアを、どうやって開ければいいのかわからない。掌《てのひら》を密着させて動かそうとしたが、びくともしなかった。鍵がかかっているようだ。

桜井は懸命に伸び上がり、ガラス窓越しの隣室を見た。

空中に高々と持ち上げられていた時と違い、床に立った状態だと東條とコリンの上半身しか見えない。それでもコリンの頬が赤く腫《は》れているのはわかった。やはりさっき聞こえたのは平手打ちの音だったらしい。

「予定どおりだって……？　じゃあ、タカユキが……」

「お前が潤滑剤を塗っている間に、補給する水の塩分濃度と温度を変えた。効果が出るまで、思ったより時間がかかったな」

「な、何を……なんてことを！　死んでしまうじゃないか!!　止めろっ、すぐ止めるんだ！」

つかみかかったコリンの姿がガラス窓から消えた。足を払うか何かして、東條が転がしたようだった。顔をしかめて起き上がったコリンに、東條が宣告する。

「あれを一目見た時から、そのつもりだった。お前、教団を売る気でいたんだろう。そのあと、あれをどうするつもりでいた？　警察が確保しても構わないつもりでいたのか？」

「そ、それは……タカユキが、うまく取り繕って、警察やマスコミには秘密になるようにしてくれると思って……」

「でかすぎる。あんなものを隠して飼える場所など、そうそう都合が付くものか。最初に見た時から消すしかないと思ったし、話を聞いてますます決意が固まった。メイ・ラボから盗んだデータに迂闊に関わったら、ろくなことにならない。お前は、自分が生み出したモンスター可愛さに目がくらんで、冷静な判断ができなくなっていたようだが……ああ、死んだかな？」

東條がこちらの部屋を見る。

怪物はますますしなびて、色艶を失っていた。もはや、ぴくりとも動かない。

もともと白いコリンの顔は、血の気を失って真っ青だ。いつもは生意気そうに軽く突き出している唇が、歪《ゆが》んで震えている。

「よくも、こんなひどい裏切り方を……ボクの気持ちを利用して、騙して……」

「裏切る者は裏切られる。教団を裏切って警察を引き入れたお前が、文句を言える筋合いか？　だいたい、簡単に信じすぎる。俺が桜井を餌にしただけで、完全に自分の側についたと信じ込んで、目の前でシステムを起動させて操作した。パスワードを隠しもせずにな。……お前の前にいるのは素人じゃない。見れば、どのスイッチが何を変える物かぐらいは見当がつく。まして、育てるんじゃなく殺すつもりなら、簡単だ。適当に動かせばすむ」

「最初から、ボクを騙すつもりだったんだな」

「あんな別れ方をしたのに、俺がまた縋りを戻したがるだろうと考える理由がわからない。お前は、俺の関心を引く存在じゃない」

好きの反対は無関心だという。だとしたら、これほど手ひどい拒絶もないだろう。

「許さない……殺してやる！」

コリンが身をひるがえした。壁の警報装置を押そうとしたのかも知れない。しかし東條の反応の方が早かった。腕をつかんで引く。

「天才天才と奉《たてまつ》られているうちに、頭がすっかり鈍ったか？　今、人を呼んだら、お前も破滅するぞ。あと一時間もすれば警察の手入れがある。引き込んだのはお前だ。教団の連中が、原因になったお前を、今までどおり賓客《ひんきゃく》扱いにしてくれるわけがない。麻薬を作るための生物が死んだ以上、お前の後《うし》ろ盾《だて》はないんだ。輪姦されたあげく、売り飛ばされるか殺されるか、どちらかだろうな」

コリンの返事はない。悔しげに唇を震わせている。冷たい表情で東條は付け足した。

「俺を引き入れた報酬《ほうしゅう》として、お前が逃げるだけの時間は与えてやる。俺を頼ろうなどと思うなよ。勝手にどこへでも逃げろ」

「約束が違う！　教団を潰すだけの証拠を渡したんだから、ボクの処遇を……」

「俺は何も約束した覚えはない。タイムラグをあけて、捜査本部に連絡が入るようにしておいた。あと一時間足らずで強制捜査が入るぞ。俺と揉《も》めている時間はあるのか？」

「……っ……」

コリンの視線がしなびた怪物へと流れた。東條の言葉が痛いところを突いたらしい。

「あの死骸《しがい》を、警察に証拠品として押さえられても構わないわけだ。……存在が公《おおやけ》になれば、希少価値がなくなるんじゃないか？　いや、そんなことより、データを勝手に持ち出してお前が何をしているかを知ったら、メイ・ラボはどういう行動に出るかな」

「警察のくせに脅迫《きょうはく》していいのか？　ボクが捕まれば、タカユキだってただじゃすまない」

「お前の方がダメージは大きいはずだ。さっさと選べ。お前の痕跡《こんせき》を消して高飛びするか。それともここにぐずぐず居残って、何もかも失うかだ」

コリンが悔しげに唇を噛む。そのコリンから視線を外さず、東條は操作盤に手をすべらせた。桜井はハッとした。通路へ出るスライドドアが開いたのだ。全裸なのが気にかかるけれど、それより逃げるのが先決だ。桜井は飼育室を出た。東條とコリンがいる隣室のドアも開いていたので、通路から中を覗《のぞ》いた。

「警部……」

部屋の中では、コリンが白衣のポケットからプラスチックカードのような物を出して、東條に渡していた。東條が羽織《はお》っていた白衣を脱ぎ、桜井に視線を向ける。

「逃げるぞ、桜井。このカードキーがないと出られない。遅れたら捨てていくからな」

火を噴きそうな眼でにらむコリンに見向きもせず、東條は脱いだ白衣を桜井に投げた。部屋を出がけに、取り残されたコリンが呟くのが聞こえた。

「許さない。絶対に、許さないから。……タカユキも、お前も」

振り向いた桜井の目に映ったのは、東條ではなく自分をにらんでいるコリンだ。

(な、なぜ僕を……裏切ったのは警部じゃないか)

自分は一方的に被害に遭っただけだ。

しかし問いただす時間などない。白衣に袖《そで》を通している桜井をおいて、東條はさっさと非常出口の表示がある方へ向かっている。慌てて追いかけた。コリンが警報ベルを鳴らす気配はない。東條の言葉が効いているのかも知れない。走って追いつき、桜井は問いかけた。

「警察が来るんじゃないんですか？　誘導しなきゃならないんじゃ……」

自分達が逃げていいのだろうか。ここにとどまって、捜査員達を誘導する必要があるのではないか――と思ったが、東條はさらりと言ってのけた。

「あれはコリンを騙すための嘘だ」

「え⁉」

「教団を摘発するだけの証拠を手に入れたのは、ついさっきだ。その前に強制捜査に入れるわけがない。証拠もなしで捜査本部を動かせるほどの人望が、俺にあると思うのか」

傲慢な性格ではあるが、自己分析は正確らしい。笑いもせずに言いきって、東條は言葉を続けた。

「もちろん強制捜査をするよう連絡は入れる。だがここを脱出したあとだ。コリンは今、怪物と自分の身柄を守ることで必死だから、そこまで気は回らないだろう。教団を裏切ると、先に言い出したのはコリンの方だから、教団に義理立てするはずもないしな。今頃、他人に知られたくない重要な研究データを消して、安全な逃げ場を確保することに夢中のはずだ」

コリンが寄こしたカードキーは本物だったらしく、数ヶ所あるゲートは問題なく通過できた。

疲労に足がもつれたが、もし遅れたら嘲られるか罵られるか嗤《わら》われるか、とにかく東條から自尊心を粉砕《ふんさい》されそうな気がする。桜井は必死についていった。出口に近づいた時に、研究所のどこかで爆発音が響いたのは、東條が何か仕掛けておいたのか、コリンの仕業《しわざ》だろうか。ともかくそれが陽動となり、無事に研究所を出ることができた。

制限速度を無視して、東條は車を走らせた。不安に駆られた桜井が何度も振り向いて、リアウィンドー越しに後方を確かめたが、追っ手の気配はない。

(逃げ出せたのか……？　もう化け物に卵を産み付けられたり、輪姦されたりしない、のか？)

「夢じゃなくて……本当に、助かった……？」

「当たり前だ。今頃何を言っている。それに、ヒラ巡査の分際《ぶんざい》で警部に向かってタメ口とは、どういうつもりだ？」

東條の冷たい返事が聞こえた。胸の中でだけ呟いていたつもりが、途中から声になって出ていたらしい。

「も、申し訳ありません！　その、自分では独《ひと》り言《ごと》のつもりで……」

「つもりというのが一番たちが悪い。自分の行動ぐらいしっかり把握しておけ。今後、『見張っていたつもり』、『連絡したつもり』などと言って実際にできていなかったら、頭をはたく程度ではすまさないからな」

桜井は無言のまま、何度か瞬《まばた》きした。東條の容赦《ようしゃ》のない毒舌は以前のままだ。拉致され暴行を受けた自分を気遣う気配などまったくない。それがかえって現実感を与えてくれる。涙があふれ出した。止めようとしても止まらない。うなだれて桜井は泣き続けた。

――どのくらい時間がたったか。車が急坂を降りるのを感じ、顔を上げた。どこかの地下駐車場に、車が入ったようだ。

（……？）

動いたはずみに、皮膚が白衣の生地に擦《す》れた。なんでもないことのはずだ。それなのに、異様なしびれが背筋を駆け上がった。不快ではなく、むしろ甘い。

（なんだろう？　変だ。これじゃ、まるで……）

わずかに動くだけでも服との摩擦が肌を刺激して、内側からほてってってくる。熱っぽさとしては弱いけれど、触手に嬲られていた時の感じに似ている。

（馬鹿な。もう終わったのに……今更何を思い出しているんだ。もうあんなこと、考えなくていい。思い出さなくていいんだ。もう、終わったんだから……）

自分自身に言い聞かせるうちに、東條が車を停めた。素早く外に出てドアを開け、桜井を引きずり出す。頭がぼうっとして手足がしびれるようで、うまく動けない。どうして今になって自分の体は、こんなにほてるのだろう。膝から落ちかけて、桜井は地面に手をついた。

「ま、待ってください」

「ぐずぐずするな。人に見られないうちに上がる」

東條は桜井を叱りつけ、腕をつかんで立たせ、エレベーターへ向かった。

「ここ、どこですか？　病院……？」

「俺のマンションだ。普段の住まいとは別だから、仕事関係の奴は誰もここを知らない。病院へ行ったところで、薬が抜けるのを待つしかない。それならどこでも同じだ」

「捜査本部……連絡、は……」

「余計な口出しをするな、ヤク中」

「ヤク中って……そんなんじゃ、ありません。自分は、無理矢理……」

「お前の意志はどうでもいい。現にお前の体には媚薬が蓄積している。うわずった声で、妙に顔をほてらせて……その効き目が出てきているんじゃないのか？」

「あ……」

そう言われて桜井は気づいた。というより、目を背《そむ》けていた真実に否応なく気づかされた。異常事態の連続で自律神経がおかしくなったせい、と思い込みたかった。けれど体の熱っぽさも、肌のむず痒さも、強くなる一方だ。

「だから今からその媚薬を抜く」

「抜くって、どうやって……」

「すぐわかる。捜査本部への連絡にしても、いちいち心配するな。お前が思いつく程度のことは、とっくに考えている。黙って言うとおりにしていろ」

これ以上質問したら殴《なぐ》られそうだ。

エレベーターを降りたあと、広い廊下を引きずられるようにして進んだ。東條が足を止めたのは、『5101』と書かれたプレートだけがかかった部屋の前だ。表札は出ていない。

カードキーで開けたドアの奥には、靴一足も出ていない片付いた玄関と、間接照明に照らされた短い廊下があった。突き当たりのドアを押し開けて、東條が桜井を中へ放り込む。文字どおり放り込むというやり方で、桜井はつんのめってフローリングへ転がった。

「いっ……警部っ。痛い、です」

「つまらんことでぐずぐず言うな。楽器演奏をしても大丈夫、というのが売りの、防音がしっかりしたマンションだ。薬が抜けるまでの間にお前が多少わめいても、他の住人に怪しまれることはない。少し待っていろ」

言うだけ言って、東條はどこかへ行ってしまった。

取り残された桜井は、上体を起こして周囲を見回した。

普段の住まいとは別という言葉どおり、生活感に乏しい部屋だ。リビングルームのようだが、置いてあるのは大きなL字型のソファとコーヒーテーブル、サイドボードに大型の壁掛けテレビくらいで、家具は少ない。

通路を歩いている間に、一切物音が聞こえてこなかったことを、桜井は思い出した。

以前、薬物中毒の講習で見たビデオでは、入院治療中の覚醒剤《かくせいざい》中毒者が大声でわめき、壁を殴って暴れていた。禁断症状があんな具合なら、防音のしっかりした場所でないと通報されてしまうだろう。東條はそれを見越して、自分をここへ連れてきたのかも知れない。

(でも薬を抜く方法っていったら……)

研究所に捕まっていた間は、卵から分泌される麻薬の作用と、教団の男達による輪姦で、媚薬の効果が打ち消された。

ここに卵はないから、残る手段は性行為だけだ。コリンを貫いて責めていた東條の姿が、脳裏をよぎる。男同士で関係を持つことに抵抗がないのなら、東條自身が自分を抱いて、媚薬を中和するつもりなのかも知れない。

(だけど僕は違う。男同士でする趣味なんか、ないのに)

——ないはずなのに、ほしい。体中を触り、舐め回し、深々と貫いてほしい。気持ちよくなりたい。全身の皮膚がむず痒くほてっている。誰かに触ってほしくてたまらない。媚薬の効果が切れるには、どのくらい時間がかかるのだろうか。知らず知らずのうちに口が半開きになり、荒い息がこぼれた。

(だ、だめだ。ここにいたら……警部が戻ってきたら、僕は何を言い出すかわからない)

ソファにつかまって桜井は立ち上がった。しかし足がもつれ、膝ががくがくして、うまく歩けない。壁を伝って、なんとか玄関へ向かおうとした時、東條が戻ってきた。桜井の姿を見て眉根を寄せる。

「どこへ行く気だ？　待っていろと言ったのが、聞こえなかったのか？」

　力の強い手が、桜井の肩を鷲《わし》づかみにした。

「……っ!!」

　桜井は息を詰まらせて喘いだ。普通なら痛いと感じるはずなのに、それさえ媚薬で快感に変わってしまう。肩から腰へ、稲妻《いなずま》に撃《う》たれたような衝撃が走り抜け、股間が焼けそうに熱くなる。それ以上に脳が熱い。手を離されると、立っていることさえできずにフローリングへへたり込んでしまった。媚薬の効果はますます強くなっているようだ。

「かえ……帰らせ、て、くださ……何を、持ってるん、ですか？」

　見上げて発した言葉が、途中で疑問形に変わった。東條が革製の手錠《てじょう》のような物を持っているのに気づいたからだ。

「枷だ。見てわからないのか」

「わ、わかりますけど……なんの、ために……」

「拘束するために決まっているだろう。禁断症状で暴れ出したら、どんな力を出すかわからんからな。足も拘束しておく。待っていろと言ったのに逃げ出そうとしたことだし」

「い、いやです……っ！」

　薬物中毒の治療の基本は、二度と薬を摂取しないことと聞いたことがある。しかし大抵は禁断症状の苦しさに耐えかねて、再び薬を手にしてしまう。だから中毒症状の出た者を拘束して放置するのは、理にかなっているのかも知れない。しかし実行するのが東條で、手に持っているのが革の枷では、怖すぎる。

もう一度立ち上がって逃げようとした。しかし足払いをかけられ、床に転がされた。

「手間をかけさせるな、馬鹿」

仰向けにされて鳩尾《みぞおち》に膝を乗せられ、押さえ込まれた。手足をばたつかせて拒《こば》もうとしたけれど、ほてりきった体にはその程度の動きさえも刺激になり、さらに体が熱くなる。

「あっ、ぅ……やめ……」

まともに拒むことができずにいるうち、左右の手首と足首をそれぞれ枷でつながれ、拘束が完成した。桜井を床に転がしたあと、東條はまたリビングを出ていった。今度は何を持ってくるのだろうと思ったが、なかなか戻る様子はなく、そのうち水音が聞こえてきた。どうやら自分を放置して、シャワーを浴びているらしい。

涙がにじんだ。

拘束方法自体は、体を締め付けるようなものではない。しかし脚を閉じ合わせるには内腿にかなりの力を入れねばならず、ついついだらしなく股《また》が開く。自らその姿勢を取ってしまうことが、恥辱を煽る。さらに身動きするたび、半勃ちの肉茎が白衣の裾に擦れるのがつらい。時間が過ぎても、体の奥からにじみ出すほてりがおさまる気配はなく、強まるばかりだった。

いっそ自分で硬く昂った肉茎をしごいて熱をほとばしらせ、外へ出してしまいたいのに、縛られた体ではそれもかなわない。

(熱、い……)

皮膚も粘膜も、あらゆる場所がむず痒い。床に当たる背中や肩が痛くて身をよじると、衣服に擦れた肌から甘いしびれが脳まで突き上げ、腰が勝手にもぞもぞと動いてしまう。

産卵プレイのあとの輪姦を思い出す。

後孔は、時には裂《さ》けるかと思うほど乱暴に責められた。乳首をこねる指は容赦なくて、時には押しつぶされて痛いほどだった。けれどもその苦痛と、ソフトに撫《な》でられた時の気持ちよさが綯《な》い交《ま》ぜになり、意識を甘くしびれさせた。口や後孔を犯す牡の熱さも荒々しさも、あの時はいやでたまらなかったはずなのに、蘇る記憶はすっかり変質していて、とても甘くて心地よい時間だったかのように感じてしまう。

「あっ、ぅ……はぁ……ん、くっ……」

枷の金具が耳障《みみざわ》りな音をたてる。自分でも気づかないうちに桜井は、仰向けになったまま股関節を深く曲げ、両腿をもぞもぞとすり合わせていた。肉茎を自分の腿と体の間に挟んで、少しでもこすろうとしたらしい。

けれどこんなわずかな刺激では、到底満足できない。痒い場所を掻《か》くと余計に痒さが増すのに似て、渇望《かつぼう》が増すばかりだ。体をほてらせる熱が、桜井の理性を溶かしていく。

（もっと……もっと強く、しごいて……ここだけじゃなくて……）

感じる場所すべてを責めてほしい。肉茎も乳首も内腿も、足の指や脇腹、後孔に至るまで、あらゆる場所を嬲られたい。枷さえなければ、自分で肉茎をしごきたて、後孔へ指を差し込み、それでも足りずに全身を掻きむしっていただろう。

どれほど時間がたったか、ドアが開く音がした。パジャマの上にガウンを羽織った東條が、リビングに入ってくる。喘ぎ声をこぼして身悶《みもだ》える桜井を見下ろして問いかけてきた。

「少しはましになったか？　いや、そうでもなさそうだな。余計にほてったか」

笑いを含んだ口調だ。東條は最初からこうなることを予想していたらしい。

「お、お願いです、助けて……おかし、く、なりそう……」

声は熱っぽくかすれているし、荒くなる呼吸のせいで、途切れ途切れにしか喋れない。桜井は必死に懇願《こんがん》した。

「触って……あぁっ、もう、無理……抱い……抱いて、ください……っ」

言った瞬間、意識の片隅で警報が鳴った。

(だ、だめだ……何を言ってるんだ)

男なのに男相手に抱いてとねだるなど、あまりにもみっともない。自分は同性愛者でもないし、まして相手はエキセントリックな性格の東條警部だ。恋愛感情も性的な好意も持ってはいない。それなのに勝手に言葉が出てしまった。

自分の目の前でコリンと交わり、そのあとコリンを笑いものにした性格破綻者《せいかくはたんしゃ》だ。それなのに自分から『抱いて』などと頼んだ以上、どんな扱いを受けることか。東條のことだから、『そうか、それなら』とばかり、徹底的にいたぶられても不思議はない。

だが予想に反して、返ってきた声は冷ややかだった。

「今、なんと言った？　誰を相手に何を喋ったか、わかっているんだろうな、貴様」

視線を浴びた自分が凍《こお》りつかないのが不思議なくらいの、軽蔑に満ちた目つきだった。ほてりきっていた体が、氷水を浴びせられたように冷える。けれどそれも一瞬だけで、すぐに媚薬の効果が蘇り、全身がむずむずと熱くなる。

口走ったことへの後悔と、なんでもいいからほてりを鎮《しず》めてほしいという渇望の板挟みになりつつ、桜井は訴えた。

「媚薬、が……媚薬が、効いて……」

「知っている」

「体が、熱いんです……だ、だから」

「抱いてほしいというわけか？　ふん……もう少し骨のある奴だと思っていたが、たかが媚薬でこのざまか。頼まれて抱いてやるような親切気《しんせつぎ》は持ち合わせていない」

「で、でも警部は、あの時、コリンに……だったら、自分、も……」

言ってはいけないと頭の片隅で思いながらも、言葉が勝手に飛び出してしまう。今は相手が誰でもよかった。とにかく触ってほしかった。しかし、

「どこまで馬鹿だ、貴様は」

髪をつかまれ、床に顔を打ち付けられた。眼の奥で火花が飛ぶ。口の中が切れて、生温《なまぬる》い鉄の味が広がった。冷たい東條の声が、桜井の鼓膜《こまく》を打つ。

「あれは奴を増長《ぞうちょう》させて隙を作らせるためだ。お前がつかまっていなければ、あんな真似をせずにすんだ。わかっているのか？　貴様のために俺は、昔フった相手のご機嫌取りをさせられ

たんだぞ」

媚薬に濁った頭でも、東條がひどく怒っているのは理解できた。だがどうすればいいのだろう。どこもかしこも熱くてむずむずして、全身が愛撫《あいぶ》を欲しているというのに。

「そんなことっ……言われ、ても……」

「可愛がってほしいというなら、そうしてやる。お前が期待しているやり方とは違うが」

東條が桜井の白衣に手をかけた。ボタンを一つ一つ外す手間も惜しいのか、引きちぎる勢いで左右に開く。ズボンも下着もないので、昂りきった肉茎がむき出しになった。

東條が皮肉っぽく笑った。

「経験が浅そうなところは、持ち主と同じだな」

「……っ……」

息が詰まった。まだわずかに羞恥心は残っている。

けれど強制された昂りが強すぎて、自分を律するには至らない。肉茎は桜井の意志を無視し、いきり立ってびくびく震えていた。

どうせむき出しにしたのならしごいてほしいのに、東條はまた立ち上がってリビングを出ていった。行った先はキッチンだったらしく、ウィスキーのボトルとアイスペール、グラスを運んできた。ソファに腰を下ろし、膝にノートパソコンを載せて足元の桜井を見下ろす。

「薬が抜けるまで、ただ待っているのも芸がない。研究所でどういうことが行われていたか、俺が行くまでにどんなことがあったか、詳しく話せ」

「詳しく、って……」

「拉致されたところからか、それとも、あの研究所に連れ込まれたあとでもいい。端折《はしょ》らずに、全部言うんだ。教団の連中や、コリンの作ったモンスターに何をされたかも、すべて」

「や……そん、な、こと……」

桜井は首を横に振った。

ほんの三十分前には車の中で、『助かったんだから、もうあの忌《い》まわしい出来事は思い出さなくていい』と自分自身に言い聞かせ、気持ちが落ち着いてきたところだ。それなのに東條は、細大漏《さいだいも》らさず話せと命じてくる。

精神的な負担もきついが、体のほてりはなお一層桜井を苦しめる。こんな状態で、輪姦された時のことを詳しく思い出したら、余計に興奮して、頭がおかしくなってしまうに違いない。

「記憶が新しいうちに整理しろ。記録してやる」

「む、無理です。こんな、状態でっ……あ、熱くて……何も、考えられ、な……」

「熱いのか。なら、冷まそう」

アイスキューブを一つ、心臓の上に置かれた。

そうしておいて東條が桜井の肩と鳩尾に足を載せる。軽く置いただけで体重はかけない。

最初のうち、ほてった体には氷の冷たさが心地よかった。だが氷が溶けてくるに従い、『心地よい』が『冷たい』に変わり、『すごく冷たい』へと変化する。

そして唐突に、『痛い』へと変わった。

「あぁああっ！」

アイスキューブが体温を吸って溶けていく、ただそれだけのことなのに、錐《きり》を差し込まれているようだ。桜井は体をひねって、胸に載せられた氷を落とそうとした。しかし一瞬早く、東條の足に力がこもる。要所要所を押さえられて、動けない。

「い、痛い……!!　警部、取ってくださいっ……」

アイスキューブの冷たさが、刺すような痛みとなって胸を責める。落とすため、足で踏まれて押さえられた体を懸命によじろうとするが、東條の力の方が強い。

意識だけは多少正常に戻ったものの、氷の冷たさが媚薬の効果を完全に打ち消すわけではない。肌が外から冷やされる分、熱が体の芯に凝《こご》る気がする。肉茎はますます硬く昂り、先走りをこぼし始めた。体の奥はとろとろと溶け崩れそうに熱い。

「供述すれば取ってやる。それともまだ体がほてるか、もっと載せてやろうか？」

「やっ……い、や……」

アイスキューブをつまんだ東條の手が、桜井に見せつけるように下へ動く。今度は下腹に置かれるかも知れない。氷が溶けきるにはどのくらいの時間がかかるのか、胸の痛みはますます募《つの》る。氷が溶けた水が肌の上を流れる。冷たさが広がっていく。

「言え、桜井」

苦痛が体のほてりを一時的に抑え、媚薬がもたらす意識の濁りを取り除いた。桜井は必死に記憶を探り、言葉を絞り出した。

「か、買い物……あの日、食料を買って、帰る途中で、あの女装男が声をかけてきて……」

「奴は溺死体《できしたい》で見つかった」

「……っ……」

「酔って側溝に落ちたことになっているが、消されたんだろう」

東條が載せていた足を外した。桜井は身をよじり、溶けかかった氷を胸から落とした。濡れた素肌はまだ冷えているが、さっきまでの刺し貫くような痛みからは解放された。息が苦しい。荒い呼吸を繰り返して酸素を貪った。

「……っ、は……ぁっ……ふ……」

「誰が供述をやめろと言った。その時、なぜすぐ連絡しなかった？」

東條がこれ見よがしに新しいアイスキューブをつまみ上げる。桜井は慌てて話を続けた。

「警部を呼ぶなら教えない、と、言われました。だから、あとで連絡しようと……」

「だが結局、連絡しなかったな。お前はどうしようもない馬鹿だ」

そう言って東條がまたアイスキューブを桜井の胸に載せ、身動きできないように肩と鳩尾を踏む。かなりのハイペースでオンザロックを飲んでいるようだが、酔う気配はない。

「あぁっ!?　き、供述しています！　どうして、こんなっ……!!」

「まともに喋らないからだ。続きを言えば取ってやる」

内側からの昂りと、皮膚を苛む冷たさに身をよじりつつ、桜井は供述を続けた。

薬で眠らされ、気づくと見知らぬ場所にいたこと。男達に拘束され、コリンに会ったこと。

「コリンは、捜査がどこまで進んでいるか、訊いてきました。白《しら》を切《き》ると、自分の健康状態を確認したあとで……」

そこまで言って桜井は口をつぐんだ。この先は、ビデオを撮られながら衣服を剝《は》ぎ取られ、苗床にされた話だ。東條には触手に犯される場面を見られたけれど、どんな目に遭ったか自分の口から言うのは、また別種の恥ずかしさがある。

「なぜ黙る」

「うあぁぁっ！」

氷を肉茎の先端にちょんと当てられ、桜井の体が跳ねた。脚で踏まれて押さえられていなければ、床から離れて飛び上がっていたかも知れない。おかげで胸の上にあったアイスキューブが落ちた。

氷責めから解放されて息をついた桜井に、東條がアイスキューブを見せびらかす。

「さっきは当てただけだが、今度は置くぞ。てっぺんに載せるのは無理でも、竿《さお》にくっつけて置くだけでも効果はありそうだ」

「やっ……ま、待ってください！　言います。言いますから……」

胸でさえ、あれほど痛かった。敏感な肉茎に氷責めを受けたら、気が狂うかも知れない。まともに働く意識を必死になって掻き集め、桜井は喋った。

「そ、捜査状況を、知らないと言ったら、服を脱がされて、ビデオを撮られました……そのあと、飼育室へ……」

「話を端折るな。どういうふうに脱がされて、誰にビデオを撮られた？　ちゃんと言え」

話を遮《さえぎ》り、東條がまた氷を桜井の胸に載せる。

「あ、あっ……誰、なんて、知らな……」

「わからないにしても人相は言えるだろう。さっきみたいな話で調書にできるか。言え。氷を増やすぞ」

「や……やめて、くださ、い……さ、最初に、服を着たまま、全身を撮影されて……そのあと、三人か、四人いたと、思います。ナイフや鋏《はさみ》で、僕の服を切って……」

喋る間に記憶が蘇ってくる。

刃《やいば》が素肌をかすめた時の、鉄の冷たさ。自分を取り囲んだ男達の淫らな笑み。まんまと罠《わな》にはまって囚われた刑事を蔑み、苗床にされた自分がどうなるかを想像して、面白がっていたのだろうか。

息が詰まり、言葉が途切れた。だが、

「服を切って？　全部脱がされたのか、その間、教団の連中やコリンはどうしていた？　手を抜かず、調書を作るつもりで話せ。でないと……」

「……っ!!」

東條が、桜井の胸を踏みつけていた足の位置をずらした。右の乳首を足の指でこねられ、桜井の口から喘ぎがこぼれる。

「や、ぁっ……ぅ、く……」

氷の溶けた水が白衣に染《し》みて広がり、胸肌全体が冷えて、乳首は縮み上がっていた。それなのに東條の足の指が、白衣を通して的確な刺激を与えてくる。硬くしこるのが自分でわかるから、恥ずかしくて勝手に体がくねってしまう。

「何を喜んでいる。供述の途中だぞ」

「喜んで、なんか……ぁっ……」

部屋に自分の喘ぎが響く。踏まれてこねられる乳首が甘く疼《うず》いて、全身が熱く昂る。

こんな真似をするならいっそのこと、自分を抱いて熱を鎮めてくれればいいのにと思うが、自分を見下ろす東條の冷ややかな顔を見れば、期待するだけ無駄だとわかる。

懸命に桜井は言葉を絞り出した。

「ジャケットとシャツ、ズボンを、切り裂かれて……そのあと、男の一人が、下着のウェストゴムを引っ張って、ビデオカメラを、突っ込んだん、です」

「なんのために？」

わかりきったことをわざわざ訊くあたりが、東條の性格の悪さをよく表している。

「下着の……中を、映すため、に……」

「もっと具体的に言え。中のどこをだ、連中の反応は？」

性器を映され、笑われた時の羞恥と屈辱が蘇る。思い出したくない。けれど言わなければ、東條はさらに氷を自分の体に載せるだろう。

「下着の中の……せ……性器、を撮られ、ました。男達の、言葉そのままは、覚えていません。

でも勃ってなかったことと、毛が……その、薄いのを、嗤われました」

「それから？　省くなよ、お前は表情にすぐ出るから、ごまかしてもわかる」

「下着をずらされて、今度は後ろを……筋肉を、左右に広げて、映されて……カメラの、モニターを見るよう……命令、されました……」

「自分で見て、どう思った？」

「やっ……そん、な、こと……」

冷笑を含んだ東條の口調が、桜井を一層居たたまれない気分にさせる。あの時は、ただただ恥ずかしく情けないだけだった。だが男達は、桜井の後孔を見て、『綺麗《きれい》な色』とか『黒子《ほくろ》が色っぽい』などと言って、からかってきたように思う。

（……警部にも、見られたんだろうか）

自分の後孔や肉茎を見て、東條はどう思ったのだろう。触手に嬲られたうえ、コリンと東條の行為を見てあっけなく勃ってしまった自分は、どう思われただろう。色情狂と蔑まれてはいないだろうか。そう思うと、訴えかけずにはいられない。

「違うん、です。媚薬の、せいで……」

「御託《ごたく》はいい。自分のを見て、どう思ったかと訊いている」

ひどい質問だと思う。拘束され、衣服を剝ぎ取られて撮影されたのだ。惨《みじ》めで情けないという以外、どんな感想があり得るだろう。それを口に出したら、惨めさが増すだけではないか。そもそもこんな質問が、調書に必要だろうか。

自分をいたぶるためだけに問いかけているのではないかと思うと、悔しさがこみ上げた。

「そ、そんなの……警部なら、どう思うって、いうんですかっ……!!」

反抗の言葉が勝手に口から飛び出した。言ったあとで、こんな反抗的な口を利《き》いたら、今以上のひどい目に遭わされるという悔いが胸をよぎったが、どうしようもない。

(だって、警部が……いじめとしか思えないような、質問をするから……『情けなかった、悔しかった』ぐらいしか、言いようがないのに。それとも警部なら、あんな状況でも違う感想が出てくるっていうのか？)

桜井は答えを待った。自信家の東條なら、あんな状況でも平気なのかも知れない。

しかし返ってきた答えは、まったく方向が違っていた。

「俺の感想か？　お前は経験が少ないんだろうと思ったな。前も後ろも、ほとんど色素沈着がなかった。その割に、触手に責められてすぐ勃ったから、感度はよさそうだとも思った」

「ち、違……」

東條は勘違いしている。自分の性器や後孔を見て、東條がどう思ったかを訊いたのではない。東條が自分と同じ立場ならどう感じるかと尋《たず》ねたのだ。

しかし桜井が訂正するより、東條が言葉を継ぐ方が早かった。

「お前、経験は？　あの異生物の触手が初めてか。いや、後ろだけじゃなくて、もしかしたら、女とヤったこともない、完全童貞だったんじゃないのか」

「な……!!」

薄笑いを浮かべて言い当てられ、桜井の全身が燃え上がるように熱くなった。顔から火が出るとはこういうことか。唇がわなわな震えるけれど、言葉にはならない。

東條の笑みが憫笑《びんしょう》に変わったのが、余計に羞恥を煽った。

「気の毒に、異生物の触手が初体験とはな。いや、人間じゃない以上、バイブレーターと似たような物という考え方も……ああ、だがそのあとで、教団の連中に輪姦されたんだったな。結局今回の一件で、経験を積んだわけだ。いろいろと」

「……」

とことん、ひどい男だと思った。怪物に卵を産み付けられたのも、男達に輪姦されたのも、桜井にとっては早く忘れたい最悪の経験なのに、わざわざ供述させたうえ、こんな言い方で嗤い者にできる神経は到底理解できない。

言葉が出ず、ただ悔しさに身を震わせている桜井を見下ろし、東條がまた笑う。

「貴重な経験だったな。……まあ、俺は処女かどうかにはこだわらないが」

「⁉」

桜井の心臓が激しく拍動《はくどう》し始めた。

（な、なんなんだ、どういう意味だ？　どうして警部の趣味の話になる？）

自分を見下ろす東條の眼に――今までは、怖いとか意地が悪いとか傲慢だとしか感じなかった切れ長の瞳に、初めて艶《つや》を感じた。男の色気とはこういうことなのか。

硬く尖った乳首を、いまだに東條の足が踏んでいる。時々、思い出したように足を動かして、くりくりと乳首をこね回す。遠慮も容赦もないが、勃ち上がった乳首には痛みさえ心地よい。

さっき感じたはずの悔しさや羞恥が、快感に押し流されていく。

「け、警部……」

桜井は懇願をこめて見つめた。肉茎が昂って、苦しくてたまらない。どうにかして、この状態から解放してほしかった。

（助け、て……熱くて、冷たくて、もう……）

触手や教団の男達によって無理矢理与えられた快感の記憶が蘇る。

肉茎や乳首や、あらゆる場所をいじり回してほしい。口も後孔も容赦なく貫かれて嬲られたい。粘液で全身をぬるぬるにされ、濃く熱い液を浴びせられたい。倒錯した欲望が、腰から突き上げてきて全身を灼《や》く。

たった今、『自分は処女かどうかにはこだわらない』と言ったし、枷で拘束したうえ氷責めで自分をいたぶったあとだ。いい加減、東條も助けてくれるのではないだろうか。

しかし、

「お前は本当に頭が悪い。俺に何度同じことを言わせる気だ？　きちんと供述しろ」

「……っ！」

乳首を責めていた足が宙に浮いた。降りたのは、硬く勃ち上がっていた肉茎の上だ。

「あぁあああっ！　痛いっ、やめ……!!」

悲鳴が絶叫に変わる。

東條の足の裏と、自分自身の腹との間に昂りきった肉茎を挟まれ、力を込めて踏みにじられる。折れたり潰れたりするほどの力ではないにせよ、苦しい。しかも東條は時々力を抜き、足指を動かして刺激してくる。

聞き分けのない肉茎は、その程度の刺激にさえ反応してしまった。

「くうぅ……っ！」

こらえきれずに、ほとばしらせた。胸から喉、顎にまで精液が飛ぶ。怪物に嬲られたあとで、もう何も残っていないだろうと思っていたのに、水のようなさらさらの液が飛んだ。

「は……ぁっ、う……」

余韻《よいん》に体が震える。しかし、浸《ひた》ることは許されなかった。

「事情聴取の最中に、何をよがっているんだ？　足で踏まれて気持ちいいのか。恥を知れ」

罵倒《ばとう》しながら、東條が微妙に足を動かす。

「や、やめ、て、くだ……ぁ、はうっ！　ひっ……あ、あぁ！」

許しを請《こ》いたいのに、喋り続けることさえできない。アイスキューブの冷たさと、敏感な場所を足で踏まれる刺激が奇妙に媚薬に同調して、桜井の体を再び昂らせていく。

「また、硬くなってきた。踏まれるのが好きなのか？　変態のマゾヒストめ」

「ち、違……」

違う。違う。自分は決してマゾではない。

けれど今、肉茎を熱くほてらせるこの刺激は、明らかに快感だ。そして自分を罵る東條の声は響きがよくて、背筋から腰へと直接響く。初めて会った時には、正しい形容を思いつけなかったけれど、今ならわかる。東條の声は、官能的《かんのうてき》だ。

(違う、これは媚薬のせいだ……薬が効いていなかったら、こんなふうにはならないんだ)

けれども体の昂りはどうしようもない。いっそすべてを媚薬のせいにして、今だけは快感に身をゆだねてしまおうか。足で踏みつけられるという屈辱的な責めであっても、快感を与えてくれるのなら、それでいいではないか——そんな考えが脳裏をかすめた瞬間、まるで内心を読み取ったかのように東條が、左右の鎖骨《さこつ》の間にある窪《くぼ》みに、氷を置く。

「あっ、ぁあ……ひぅっ！」

「よがり泣けとは言っていないぞ。続きだ」

逆らうことができない。快感と苦痛の板挟みになりながら、桜井は自分が受けた辱めを喋り続けた。怪物の触手に嬲られ、卵を産み付けられたこと。衆人環視の中で産卵させられ、その後男達に輪姦されたこと——。

「……黙るな。二人目が口で、三人目にはどういうふうにされた？　口か、尻か」

「どっち、も……違……あぅう！　も、腿の間に、挟んで、こすれ、と……」

「素股《すまた》か。こすってやっただけか？　相手は何もしなかったのか、お前の体に？」

「あ、ぁう！　手……手で、しごかれ、て……っ……!!」

東條の声が、輪姦された記憶の中に混じり込み、桜井の意識を浸食し、濁らせる。あの時、何人もの東條に犯されていたような気分になる。氷責めにされる苦痛と、踏みつけられる快感の間で翻弄《ほんろう》され、苦しくてたまらないのに勃ってくる。体も気持ちも、おかしくなってしまう。

　東條が冷笑した。

「硬いな。これだけ踏みつけても、痛みより快感の方が強いらしい。そっちも、氷を当てた時は萎《な》えそうだったのに、もうすっかり元どおりになったじゃないか。刑事より男娼《だんしょう》の方が向いていそうな体だ。この恥知らず」

　蔑まれても、桜井は反論の言葉を持たない。

「あぁっ……もう許し……お、お願いです、警、部っ……!!」

　泣きながら桜井は訴えた。

「許して？　何をどうしてほしいんだ」

　そんなことを訊かれても、自分でもどうしたいのかわからない。もっと刺激してほしいのか、それともやめてほしいのか。とにかく、このほてりきって疼く体をどうにかしてほしい。けれど東條はただ、桜井の股間を踏みつけるばかりだ。

「楽になりたかったら、さっさと供述をすませてしまえ」

「ひっ⁉　やっ、そこっ……あ、ぁーっ！」

　乳首にアイスキューブを押し当てられ、同時に亀頭を足指で揉むように踏まれた。胸に突き刺さるような疼痛《とうつう》と、一番敏感な場所を嬲られる快感を同時に与えられては、耐えられない。

　桜井は一際高い声をあげ、びくびくと身を震わせて射精した。

「あ……ふ、ぅ……」

「話が止まっている。言え」

自分の体を踏みつけ続ける東條の足も、水と精液でべちゃべちゃになっているはずだ。それでもやめる気配はないし、他のもっと優しい方法で桜井のほてりを冷ましてくれる様子もない。

泣きじゃくりながら、桜井は供述を続けた。


次に目を覚ました時には病院にいた。

警察病院ではなく民間の総合病院で、それも特別個室に入れられていた。東條の計らいらしかった。不思議に医師や看護師が、事件について桜井に問うことはなかった。根回しがされていたのだろう。

血液検査に始まり、内臓機能のチェックから運動能力や言語能力、心理テストまで行われたが、何一つ異常は発見されなかった。既知の麻薬や覚醒剤も検出されなかったと聞いた。考えてみれば、コリンは桜井を麻薬原料の製造工場として使っていたのだから、『製品』である卵に影響が出るような薬物を与えるはずはない。監禁中の食事も、栄養面に配慮したものを与えられていたように思う。

あの怪物が分泌する媚薬は短期間で代謝分解され、入院後の検査では判明しないタイプのものだったらしい。確かに、異常な昂りを覚えたのもあの夜だけだ。

（あの夜……東條警部は何を考えていたんだろう）

結局自分は、一晩中手首と足首を枷でつながれたままで、氷を体に載せられたり、足で乳首や肉茎を踏みにじられたりしていた。

何回射精したのかはわからないが、最初のうち出ていた水のようなさらさらの液さえ、最後には尽きてしまい、勃っているのに達することができなくて、苦しくてたまらず、東條に向かって必死に許しを請うたのを覚えている。けれど一切耳を貸してはもらえなかった。東條は冷笑を浮かべて、自分をいたぶり続けた。

そのあたりからあとの記憶は切れ切れだ。全裸で風呂場の床に転がされてシャワーを浴びせられたことや、乾いた新しい衣服を着せられたこと、車の助手席で車窓を流れる夜景を夢うつつに眺めていたことなどが、記憶に残っている。

（あれは多分、病院へ連れてこられる途中だったんだろうな。考えてみたら、警部に、涸《か》れるまでいじられたあとでよかったんだ。もしも媚薬に酔ったまま病院へ行っていたら……）

想像しただけで、寒気がする。大勢の医者やナースの前であんな狂態《きょうたい》を示していたら、媚薬の効果が切れたからといって、とても平然と入院を続けてなどいられなかっただろう。それを思えば東條には、研究所で触手怪物に嬲られるところから見られている。だから媚薬に狂った浅ましい姿ぐらい、今更どうということは——、

（……なんて、思えるか！）

恥ずかしくて情けなくて腹立たしくて、自分で自分の首を絞《し》めたくなる。桜井は毛布を頭からひっかぶってベッドにうずくまった。

（やり方がひどすぎる。禁断症状が出ていたにしても、手足を拘束しないでくれたら自分で処理したのに……）

それでも、悔しさで燃え上がっていた意識が冷えてくると、はたして本当に自己処理ができたかという疑いが湧いてくる。あの熱さ、全身の皮膚や粘膜を責め立てたむず痒さ。自分で処理しようとしたら、皮膚を掻きむしり、後孔に指を入れて快感を貪ろうとして、血まみれになっていたかも知れない。

今、自分の体に残っているのは、手首と足首の擦りむき傷だけだ。身体的なダメージは、ほとんどない。仕事に復帰しろと言われれば、すぐにでもできそうだが、

（復帰……できるのかな。あの事件にしろ、僕の扱いにしろ、どうなったんだろう）

自分の意識がはっきりしてから、今日で四日目になる。東條がどういう根回しをしたのか、医師も看護師も自分の病名や退院の見通しなどを何も教えてくれない。携帯電話をはじめとする私物は、一切持たされておらず、電話やメールはできない。公衆電話をかけに行こうと思っても、病室のドアには鍵が掛けられていて、軟禁状態だ。

もちろん、医師や看護師が来た時に苦情は言った。しかし、『面会謝絶の処置をとっている。隔離が必要な状態』と言われてしまうと、反論できなかった。怪物にさんざん犯された時、病原菌か何かをうつされた可能性がある。

（誰も面会に来ないのもそのせいで……いや、捜査で忙しいのかも知れない。結局あの事件は、どうなったんだろう？）

テレビが部屋にないし新聞や雑誌も差し入れてもらえないので、状況がわからない。ナースや掃除の人に話しかけると愛想よく応じてくれるが、桜井が本当に知りたいことは「さぁ？」でごまかされる。最初のうちは心身共にくたくたで深く考えることができなかった。しかし四日目になると、さすがに不安を覚える。

（電話を貸してくれって、頼んでみようか）

ずっと閉じこもりきりでは気が滅入る。捜査がどうなったかも気になる。所轄の先輩刑事に連絡して、訊いてみたい。

（東條警部は……よそう）

つまらないことで連絡してくるなと怒られそうだし、何よりもあの夜のことを思い出すと、どんな顔で会えばいいのかわからない。やはりここは親しい先輩が頼りだ。桜井はかぶっていた毛布を外してベッドの上に座り直し、ナースコールを押した。

一分とたたないうちに、ノックの音がした。

「どうぞ。ちょっと電話をかけたいんです。部屋を出るのがだめなら、貸し……」

ナースが来たと思い込んで、なんの警戒心もなく話しかけながらドアに目を向け——桜井は硬直《こうちょく》した。入ってきたのは東條だった。

「けっ……警部っ……!!」

「誰に、なんの用で電話をかける気だ？」

「それ、は……」

「答えろ、桜井刑事巡査」

高圧的で冷ややかな声が階級付きで名を呼んだ瞬間、警察学校入学以来培《つちか》われた、警察官としての本能が蘇った。桜井はベッドから飛び降りて気を付けの姿勢を取り、声を張った。

「S署刑事課、吉岡《よしおか》刑事巡査に連絡を取り、現在の捜査状況を伺うつもりでおりました！」

「必要ない。……座れ」

命じる口調で言って桜井をベッドに座らせ、東條は向かい合う位置に椅子を動かし、腰を下ろした。その時になって、看護師が部屋を覗いたが、東條が一言で追い払った。

「寂《さび》しくて話し相手がほしくなっただけだそうです。……そうだな、桜井？　もういいな？」

なんという説明をするのかと腹が立ったが、きつい眼でにらまれては同意するしかない。看護師は笑いをこらえるような顔で去っていった。信じ込んだらしい。

（子供じゃあるまいし、『寂しくなって』って、なんだ。恥ずかしくて、もうあの看護師さんと顔を合わせられない。いや、きっと詰所《つめしょ》で喋る。他の看護師さんにも誤解される）

やはり東條警部は嫌いだ、と改めて思う。救出してもらったことに感謝はするけれど、そのあとの行動がどれもこれも悪すぎる。

恨《うら》めしい思いで見つめても、東條が気にする様子はない。いつもの口調で話し始めた。

「お前が寝ていた五日間で、事件はほぼ片がついた」

自分では四日間だと思っていたが、もう一日、意識朦朧《いしきもうろう》としていたようだ。桜井は居ずまいを正して東條の話に耳を傾けた。

　自分が入院している間に東條は、捜査本部や警視庁の間を飛び回っていたらしい。連続拉致事件も死体遺棄も教団の研究所が犯行現場であり、教団本部は麻薬の密造と売買にも関わっていると主張して、捜査本部を説得した。

「警視庁に応援を頼んで、研究所と教団本部の両方へ同時にガサ入れをした。教団のトップや、研究所を統括している企画部の部長は逮捕した。そいつらの供述で、教団が儀式と称した乱交パーティの際に麻薬を使っていたことや、乱交の記録をネタに恐喝《きょうかつ》を行っていたこともわかった。……物証は充分手に入った。教団は壊滅《かいめつ》する」

「そうでしたか……」

「ただしコリンだけは逃げた。偽造パスポートを使って、さっさと出国したようだ」

　桜井は唇を噛んだ。

　コリンが逃げるのは、東條の計画では織り込み済みだったらしい。引き替えに教団を潰すだけの物証を手に入れ、自分を助け出してもらえたのだから、文句を言える筋合いではないが、どうにも割り切れない。それに、もう一つ気になることがある。

「あの怪物は、どうなったんですか？」

　自分を助け出してくれた時に、東條が機器を操作して弱らせ、瀕死《ひんし》の状態にしたはずだ。しかしコリンにとってあの怪物は本当に大事なもののようだったから、懸命に助けようとしたのではないだろうか。

　東條は首を横に振った。

「そんなものはいなかった」

「死んでいたんですか？　でもあんな大きなものだし、死体ぐらいは……」

「なかった。警察が踏み込んだ時には、飼育室とされていた部屋は、原因不明の爆発事故で崩《ほう》落《らく》したあとだった。掘り出しても、それらしいものは何も見つからなかった。つまり、怪物などいなかったんだ」

強く断定する口調に、ある気配を感じ取って不安になり、桜井は問いかけた。

「でも、警部は見た……ご覧に、なりましたよね？　あれが生きていて、自分を、その……しているところも。コリンに話を聞いて、卵から麻薬を作っていることとか、全部……」

「怪物などいなかった。代わりに、合成麻薬や触手物のＤＶＤ、バイブレーター、着色したピンポン玉などが押収された」

「え……ど、どういうことですか、それって」

「捜査本部の結論は、『怪物などいなかった』だ。薬剤とそれらしい道具立てを使って、被害者を混乱させ、合成麻薬の効果を調べる実験体に使っていた、ということになっている。被害者は幻覚を見せられて、怪物が実際にいると錯覚させられた。拉致被害者の恐怖心を煽り、反抗を抑えるために。……それが捜査本部の結論だ」

「そんな……いました！　警部もご覧になったのに!!」

「事実と調書は違う」

桜井は目をみはり、東條の顔を見つめた。今の言い方では、東條は怪物が存在したことを知っていながらも、事実と異なる調書作成を承認したように思える。

「実物か、せめてコリンを確保したのならともかく、何もそれらしい証拠がないのに調書に書けると思うか？」

「で、でも……痕跡は残っていたはずです！　飼育室の壁や床には粘液が付いていたはずですし、他にも撮られたビデオとか、それから、卵から合成したっていう麻薬の成分を調べれば、きっと手がかりが……!!」

机に手をつき、桜井は必死に食い下がった。怪物に襲われた恐怖も嫌悪も、卵を産み落とす行為を撮影された羞恥や屈辱も、すべて覚えている。それが幻《まぼろし》だったなどと言われても、とても承服できない。

「交通課が作った事故の調書を幾つか見せてもらえ。『道に飛び出してきた小動物に気を取られてハンドル操作を誤り……』という事故原因のうちには、小動物じゃなく幽霊《ゆうれい》を見たと訴えているものも確実に含まれている。それでも調書にそうは書けないから、『小動物』で片付けているんだ」

「警部は幽霊を信じるんですか」

「信じるというのとは違うな。現代の科学が万能だとは思っていないし、まだまだ解明しきれない現象も多いはずと考えているだけだ。しかし調書にそんなことは書けない。今回の怪物も同じだ。『存在を立証できない』＝『いない』だ」

「事実と異なる調書を作って、警部は平気なんですか！」

「桜井。教団幹部の罪状はなんだ」

「拉致監禁、暴行傷害、麻薬の密造及び売買、それと、殺人に死体遺棄……」

「犯罪の内容は重いものから言うのが基本だ、馬鹿」

「失礼しました。訂正します。殺人……」

「もういい。とにかく奴らの犯行を立証して罪状を確定させるのに、怪物の存在は必要ない。逆に邪魔なんだ。わからないか？」

桜井は言葉に詰まった。

東條の言うとおり、もし怪物の存在を表沙汰《おもてざた》にしたなら、裁判で被告弁護団は必ずその点をついてくるだろう。東條が不可能だと判断した以上、警察が手に入れた物証では、怪物の存在を立証できないのに違いない。それは調書の信用性を低下させ、敗訴につながる。

理屈はわかるが、感情が納得しない。

「嘘だとわかっていて調書を作って、それで起訴するなんて……」

「些細《ささい》な事実にこだわるあまり教団を野放しにするよりは、怪物はいなかったことにしてでも、潰す方がずっといい」

「……」

「怪物がいようがいまいが、奴らが殺人や拉致監禁、麻薬の製造や密売を行ったことに変わりはない。コリンと怪物がいなかったとしても、別の手段で同じことをしていただろう。……立証できない怪物の存在を持ち出して話を面倒にするより、裁判官に信用される理屈を組み上げて起訴して、さっさと刑務所へぶち込む。その方が理にかなっている。厳密に言えば犯罪行為だろうが」

厳密に言わなくても犯罪だ。一つ間違えば冤罪《えんざい》を作ってしまう。しかし東條の唯我独尊《ゆいがどくそん》な性格は、そんな不安など少しも感じないらしい。もしかしたら、研究所から押収されたという『怪物の存在を偽装する証拠』は、東條が捏造《ねつぞう》した物ではないだろうか。だがそれを尋ねても、まともに答えてはもらえないだろう。

それに東條が言うほど、捏造がうまくいくとは思えない。

「教団の逮捕者の口から、怪物の話が出るんじゃありませんか？」

「立証できないネタを持ち出した方の負けだ。精神鑑定に逃げるつもりなら、ありだろうが」

そう言って、東條はまっすぐに桜井の目を見据えた。

「お前も、拉致監禁と暴行の被害者として、正式な調書を取られる。生き残っているのはお前だけだからな。覚悟を決めておけ。筋書《すじがき》に添った証言をして教団を潰すか、お前の言う『真実』にこだわって、自分は怪物に犯され、卵を産み付けられましたと主張するのか。だがそうすればおそらく、お前は警察を辞めざるを得なくなる。……よく覚えていないとごまかせ」

「自分ははっきり覚えています。この目で化け物を見たし、触手にからみつかれて、卵を産み付けられて……」

「薬物による幻覚だったと言え。無理なら『覚えていない』で押し通せ。……いやなのか？」

東條の眉が吊り上がり、目つきが険《けわ》しくなるのを見て気づいた。意識しないうちに、自分は首を横に振っていたようだ。そう自覚した途端に、言葉がこぼれ出た。

「いや、です」

「言い直せ」

「いやです！　そんな……捏造じゃないですか、そんなの!!　本当にあったことなんですから、嘘をつかなくても、他の物証を集めれば教団の犯行は立証できるはずです！」

「できるかも知れないが、できない可能性も高い」

「だからって……!!」

「お前は馬鹿か。あの怪物の触手に責められてよがり狂ったことや、卵を産み付けられたことを皆に発表したいのか？」

「で、でも、警部の仰《おっしゃ》るように、幻覚だったことにしても、結局調書は取られます。り……輪姦されたことや、ビデオを撮られたこと……そういう話を喋らされるなら、同じことです」

「頭の悪い奴だ。俺が言ったことが理解できなかったのか？　交通事故の原因として記されるのは、あくまで『小動物のようなもの』で、運転手がどんなに主張しても決して『幽霊』と書かれることはない。それと同じで、お前がいくら怪物がいたと供述したところで、それが調書に書かれることも、裁判で問題にされることもない。……突っ張ってみたところで、お前が喋る言葉は、取調室の外へは出ないんだ」

「……っ……」

東條を言い負かせる反論が、見つからない。

きっと自分がどんなに主張しても、東條が言うように無視されて調書が作られ、それに添って裁判が進むのだろう。あまり頑強に怪物の存在を主張すれば、精神鑑定に回され、下手をすれば強制的に入院させられるかも知れない。当然、警察はクビになる。

それでも納得しきれない理由は二つある。一つは調書を捏造することへの抵抗感で、もう一つは、自分のさらした狂態が頭に残っているからだ。

東條が見ている前で、触手に全身をいたぶられてよがり狂った。研究所から救出されたあとも、体に残った媚薬の影響で、東條に向かって抱いてくれとねだった。あんな無様な姿を見せる羽目《はめ》になったのは、特殊な媚薬に全身を冒されていたせいだ。それなのに怪物の存在はなかったことにされ、自分がおかしくなったのは、ごくありきたりな合成麻薬のせいだとされてしまう――そう考えると、どうにも割り切れない。うなだれたまま呟いた。

「納得、できません」

「いくら頭の悪いお前でも、しつこく我《が》を張ればどうなるかぐらい、わかるはずだ」

返ってきた東條の声は冷たい。しかも言い草が小憎らしい。カッとなった桜井は勢いよく顔を上げて叫んだ。

「わかっています！　調書に採用されないってことでしょう⁉」

「それだけだと思っているなら、お前は俺が思っている以上に頭が悪いな」

「警察に居づらくなるってことですか、それとも精神病院に放り込まれるとでも⁉　いいです、こっちから辞表を出します！　辞めて、それで……」

一気に叫んだら息が切れて、桜井は口をつぐんだ。言葉の先が思いつかなかったせいもある。しかし東條は容赦なく隙を突いてきた。

「それで？」

「……田舎へ、帰ります」

それ以外に方法はないような気がした。

故郷では、老いた両親が兄夫婦と暮らしている。兄嫁のきつい性格が自分には合わなかったのと、一生を田舎の小さな町で終わるのはいやだ、一度くらいは都会へ出てみたいという気持ちから、高校卒業後すぐ東京へ出たが、今となっては他に帰る場所はない。

（きっとそれが、一番いいことなんだ。あっさり騙されて拉致されるようじゃ、刑事なんて務まらないし、警察官なのに偽証なんてできない。もう辞めよう）

考えてみれば、自分がレイプされたことは研究所にいた連中の口から、取り調べた刑事達に伝わっているだろう。そのことを思うと恥ずかしくて居たたまれない。やはり田舎へ逃げ帰るべきだ。そうすれば先輩刑事とも顔を合わせずにすむ。何もかも、丸く収まる。

（それでいいんだ。それしかない）

懸命に自分に言い聞かせたが、心の奥底で、『本当にそうか？』と問う声がする。

（辞めたところで『事実』が消えるわけじゃない。田舎へ引っ込めばそれで片がつくのか？将来、あのことを知ってる誰かに出くわすたび、逃げるのか？）

自分自身の声を無視して、桜井は聞くまいとした。だが心の声は抑えつけられても、蔑みがむき出しになった東條の声に耳を塞《ふさ》ぐことはできない。

「なるほど。コリンにいたぶられて怖くなったか。田舎へ逃げて俺から離れれば、二度と奴に会う心配はないだろうからな」

違う。事実を枉《ま》げて犯人を起訴するのがいやになったからだ。自分自身が体験したことが、嘘にされてしまうのが耐えがたいからだ。しかしそれを言っても、東條には理解してもらえないだろう。ただ、怖くて逃げるのではないことだけは主張したかった。

「怖いからじゃありません。第一コリンは海外へ逃げたんですから、どこにいようと二度と会うことなんてないはずです」

「コリンがあれきり隠居《いんきょ》して、二度と現れないとでも思うのか？」

「それは……」

研究所から逃げ出す際、自分をにらみつけたコリンの瞳を思い出し、桜井は口ごもった。

「あいつはそんな殊勝《しゅうしょう》な奴じゃない。今回、あいつのプライドはずたずたになった。俺には改めてフラれたし、研究成果の触手生物は消滅した。お前がきっかけだし、手を下したのは俺だ。コリンは俺とお前を、殺したいくらい憎んでいるだろう。いや、部外者として一段下に見ていた分、俺よりもお前に対する恨みつらみの方が強いかもな」

「自分は何もしていません。コリンが一方的に……」

「感情的になった相手に、理屈が通じると思うか。『俺に二度フラれた』と思うより、『お前のせいで俺が心変わりしただけだから、お前を取り除けばまた俺と縒りを戻せる』と思う方が、プライドが傷つかなくてすむからな。確実に、あいつは俺よりもお前を憎むぞ」

　確かにあの時のコリンは、何十年かかっても恨みを晴らすと言いたげな目つきで、東條ではなく自分をにらんでいた。

　返事ができない桜井に、東條はさらに言葉を続けた。

「もちろん、刑事を辞めて田舎へ引っ込むような臆病者には、コリンも関心をなくして相手にしないかも知れないな。少なくとも、俺にとってはどうでもいい。……そうしろ。辞表を書いて、とっとと逃げ出せ」

「……っ……」

　桜井の鼓動が百メートル全力疾走直後の激しさになる。

　逃げ出せと言われて、逆に強い動揺を覚えた。気持ちが昂ったままの判断に従い、辞職していいのだろうか。田舎で月日を過ごすうちに後悔はしないのだろうか。

　刑事になったあと、捜査に走り回る間に味わったのは、もちろん高揚感や緊張だけでなく、犯人になかなか辿《たど》り着けない焦燥感や、間違った方向へ捜査を進めているのではないかという不安もあった。それでもあとになって思い返すと、決して不快ではない。交番勤務とはまったく違う種類のやり甲斐《がい》があった。

　嘘をつくのはいやだ。けれど逃げるのもいやだ。

　そして何より、東條の軽侮《けいぶ》の眼差《まなざ》しが心臓に突き刺さってくる。今辞めたら自分はきっと一生、この瞳を忘れられない。

（警部にもきっと、ずっと軽蔑され続けて……いいや、違う。警部はきっと忘れる。関心のない奴のことなんか、あっさり忘れてしまう。そういう人だ）

ぎしっ、と胸の奥が軋《きし》む。なぜだろう。大嫌いな相手のはずなのに、東條に忘れ去られてしまうと思うと、苦しい。自分一人が、蔑まれた記憶を忘れられずに生きていくことを想像すると、悔しくてつらくて我慢できない。それでは負けっぱなしではないか。

「いや、です。逃げません」

逃げたくないし、東條に負けたくもない。今のところ一つも勝ってはいないし、このまま刑事を続けたとしても勝てる保証はどこにもないけれど、辞職して田舎へ帰ったら、勝つチャンスさえなくなる。

悪魔に心を売り渡す瞬間というのは、こんな気持ちだろうか。

もちろん東條は悪魔ではない。今回、コリンに逃げる時間を与えたのも、怪物の存在を抹消《まっしょう》して裁判官に理解されやすい犯罪の証拠を整えたのも、連続拉致と殺人、並びに麻薬の密造と売買を行っていたカルト教団を、叩き潰すためだ。彼なりの正義に従っているのだろう。けれどそれはしばしば、日本の法律や世間一般の倫理観、常識とずれる。

東條に従えば自分もまた、犯罪行為に手を染めることになるだろう。それでも――桜井はもう一度繰り返した。

「さっきの言葉は撤回《てっかい》します。辞めません。逃げるのはいやです」

「またすぐ撤回するんじゃないだろうな？」

桜井は声を一段と高くして繰り返した。

「違います！　辞めると言ったのは、あの怪物の存在をなかったことにするっていうのが納得できなかったせいで……でも逃げるのはいやです。どちらかを選ぶしかないのなら、辞めません。だからって警部の方針に納得したわけではありません」

きっぱりと言いきった。けれども東條は、

「お前がどう思っていようが、俺には関係ない」

「……」

「まさかお前、この前の一件で、妙な気を起こしたわけじゃないだろうな？　あれは媚薬の効果を抑えるためにしただけだ。だからこそ手は一切使わず、足で踏んだ。何度も達して、空《から》になるまでイき続けたのはお前の勝手だ」

「いっ……言わないでください！」

顔中が一気にほてった。首筋や耳まで熱い。汗が噴き出してくる。東條が以前とまったく変わらない態度で話しているから、自分も平静な態度でいられたけれど、思い出すと居たたまれなくて、走って逃げたくなる。

「あ、あれは、媚薬が効いていたせいで……!!」

焦るあまりにつかえつつ、桜井は抗弁した。

「どうだかな。少なくともホモなのは間違いないだろう。そうでなくて、男の俺に対して『抱いてくれ』などという台詞《せりふ》が出てくるはずはない。ついでにマゾっ気もある」

「違います！　あの時の自分は媚薬で正常な精神状態じゃなかったんです。それにたまたま、警部がそばにいたから……いらっしゃったからです。それだけです。もしあの時、他の人がいたら、自分は……」

そこまで口走ったところで、桜井の言葉は途切れた。

あの時一緒にいるのが東條ではなかったとしても、自分は『抱いてほしい』と言っただろうか。薄くなった頭頂部とメタボな腹を気にしている課長や、何かと言えばヒステリックに怒鳴り散らす主任が相手であっても、そう言っただろうか。

（監禁されていた間、ずっと輪姦されたけれど……でもあれは、無理矢理で、自分からねだったわけじゃない）

だとすると、自分は東條に好意的な感情を持っているのか。その結果が、『抱いてください』という言葉だったのか。

（……そんなわけがあるものか。警部みたいなドSに）

縛《しば》られたあげくに氷で責められたり、乳首や肉茎を踏まれたりするとわかっていたら——そこまでサディスティックな男だと知っていたら、たとえ媚薬に酔っていても頼みはしなかった。

「と、とにかく、自分はホモでもマゾでもありません」

「ふん。よくある言い訳じゃないだろうな？　『同性愛じゃない、性別を越えて好きなだけ』とか。その手の寝言《ねごと》は聞き飽きた」

聞き飽きたと言うほど、東條は同性愛者から告白されているのだろうか。コリンの熱中ぶりを思い出すとあながち嘘とも思えないが、自分まで同類扱いされるのは心外だ。

「あんなことを口走ったあとでは、どう言い訳しても信じていただけないかも知れません。でも自分は、警部に対して上司と部下以上の気持ちは一切持っていません。媚薬のせいで、口走ってしまっただけです」

「なるほど。つまり、俺に対して一切、プライベートな感情はないというんだな」

「当然です。もちろん救出していただいたことには、いくら感謝してもし足りません。しかしその他には何も……」

「それを聞いて安心した。あのことのせいで、俺がお前に気があると勘違いしていたら、張り倒すつもりだった。コリンのようにしつこく追いかけてこられては迷惑だ」

そこまで言われる筋合いはない。とにかく傲慢すぎる。

けれども『追いかける』という言葉で気がついた。バラバラ殺人事件が解決した以上、捜査本部は解散だ。東條は警視庁へ戻るのだから、S署にいる自分との接点はなくなる。

それを思うと、かすかな寂寥感《せきりょうかん》がこみ上げてきた。

(警部に勝つチャンスがどうのこうのなんて思っても、結局これで終わりだったんじゃないか。もう、警部と一緒にいる機会はなくて……って、何を考えている？　こんな、偉そうで威張ってばかりで付き合いにくくて厄介《やっかい》で、何を考えているのかもわからない上司なんか、縁が切れてよかったじゃないか)

寂しいのは、もう二度と失点を挽回《ばんかい》するチャンスがないからか、それともまさか、東條と別れること自体が、心を苛んでいるのか。

自分の心の動きが、わからない。嫌いで腹立たしいのに、なぜ東條に軽蔑されたり忘れられたりするのがいやなのだろう。失点を挽回し、目にもの見せたいと思ってしまうのだろう。

黙り込んだ桜井の前で、東條が椅子から立ち上がった。これで帰るのかと思ったら、ロッカーを指さして命じてきた。

「着替えろ。行くところがある」

「は、はい。……あ、でも自分は、外出禁止なんです。出してもらえません」

「お前を面会謝絶の外出禁止にするよう計らったのは俺だ」

「ええ⁉」

「下手に署の連中と接触させて、怪物やコリンのことをべらべら喋られてはたまらない。だから軟禁状態にしておいたんだ。この病院の院長は俺の伯父《おじ》で、医療法人の会長は祖父だから、多少の融通《ゆうづう》は利く」

それならそう説明してくれれば、と恨めしい気分になった。何も聞かされずに病室に閉じ込められていたため、自分はあの怪物から大変な伝染病をうつされたのではないかと、不安だったのだ。東條が苛立《いらだ》たしげに眉根を寄せる。

「早く着替えろ。お前に見せておくものがあるんだ」

「は、はいっ」

なんだろう。コリンの件にからんだことだろうか。そのくらいしか思いつかない。桜井は急いでロッカーからスーツを取り出し、病院お仕着せのパジャマを脱いだ。

東條が運転する車に乗せられて着いたのは、この前連れ込まれたマンションだった。

（いやだな……）

枷で手足を拘束され、足でいたぶられ続けた一夜が脳裏をよぎる。

（思い出すな。気にしてはだめだ。僕も警部も、お互いにそういう方向の関心なんかないんだから……何もなかったように振る舞わないと。変に意識したら、また嫌味《いやみ》を言われる）

桜井は懸命に自分に言い聞かせた。

前の時と同じように、リビングに通された。どうしていいかわからず突っ立っていたら、東條がL字型のソファを顎で示して、別の部屋へ行った。座って待てということだろうと解釈し、桜井は端に腰を下ろした。

ほどなく東條がノートパソコンを持って戻ってきた。桜井とテーブルのコーナーを挟む位置に座り、パソコンを操作する。

「この画像はどうする？」

問いかけられて覗き込み、桜井は音をたてて息を内に吸った。

Ｂ５サイズの液晶画面いっぱいに映っていたのは、自分が輪姦されている場面だった。それも一枚ではなく、ロングショットや、フェラチオをしている顔や犯される後孔のアップが、次々

Pic_05333.JPg

と現れる。

「な、な、なんでっ……!!　なぜ、こんなものを⁉」

悲鳴に近い声で桜井は叫んだ。無意識のうちに立ち上がっていた。

「コリンが俺宛に送ってきた。すぐ消してもよかったんだが、お前がほしいかと思って一応保存しておいた。要るか？」

「要りません！」

見たくもないが、どんな姿が映されているのかが気になり、身をかがめて東條が持つパソコンを覗き込んでは、恥ずかしくて居たたまれなくて、視線を逸らすのを繰り返す。

「必要ないんだな？」

「あ、当たり前です！　消してください!!」

「そうか。コリンは、エロくていい顔をしていると言っていたが」

「からかわないでください、こんなの……いいわけがないじゃないですか！」

「そうだな。同感だ。これも悪くはないが、お前は捜査中の方がいい顔をする」

「……っ……」

思いがけない言葉に、桜井は息を呑んだ。

拉致されたり、媚薬の禁断症状を起こしたりと、足を引っ張ってばかりだった。それ以外の普通の捜査の時でも、決して目に立つような働きはしていないと思う。東條のあとをついて回り、指示に従って動いていただけだ。それを『いい顔』と褒《ほ》められるとは思わなかった。

当惑している桜井に向かい、東條が画像をまとめて消去しながら口を開いた。

「コリンが送ってきた画像は消えたが、元の画像は奴が持ったままだし、他にも写真や動画を撮った奴がいるかも知れない。いつかネットや三流雑誌に流れる可能性があること、流れたら自分がどうするかということは、考えておけ」

頭の隅で恐れていたことだ。しかしこうして改めて指摘されると、背筋を何とも言えない悪《お》寒《かん》が走り抜ける。背筋が冷たくなった。

その桜井を眺めて、東條が言葉を足した。

「気にすることでもないがな。どうせデジタル画像だ。ＣＧと言い張ればすむ」

「そ、そんな簡単な問題ではありません。自分は、事実と知っているわけですし……」

「事実かどうかなど大したことじゃないと、何度言ったらわかる。お前はついさっき、事実を一つ闇に葬《ほうむ》ることを承諾した。同じことだ」

「あ……」

「腹をくくれ」

明日は早めに出勤しろ、と言うのにも似た当たり前の口調が、かえって胸に重く響く。東條警部が自分をマンションへ連れてきたのは、さっきの画像を確認させて、覚悟を決めさせるためだったのだろうか。

画像を消去し終わった東條が、突っ立ったままの桜井を見上げる。

「どうした？　ゴミ箱を空にしただけでは、本当に消去したことにはならないのが心配か？」

「いえ、そのこととは……」

「パソコンを処分する時には、ハードディスクを取り出して工具で粉砕する。いつもそうしているんだ。そうしないと、データを消したことにならないからな。……何を突っ立っているんだ、座れ」

再びソファへ腰を下ろす前に、桜井は東條に向かって深々と頭を下げた。

「そ、その……ありがとうございます！」

「何がだ。ハードディスクを物理的に壊すのは常識だろう。その手間がいやなら、せめて消去ソフトを使って……」

「い、いえ、そのことじゃなくて！　そのことじゃなくて……警部のお話がなかったら自分は、S署で刑事を続ける覚悟はできなかったと思います。ありがとうございました」

傲慢でエキセントリックで、一緒にいるとむかつくことの多い相手だが、自分にはない強さもある。もし東條の言葉がなかったら、自分は田舎へ逃げ帰り、いつか画像がネットに流れるのではないかとびくびくしながら暮らしていたに違いない。

しかし頭を下げたままの桜井の耳に、意外な言葉が飛び込んできた。

「そういえば、まだ言っていなかったな。お前は昨日付でS署から警視庁へ異動になった」

「は？」

「俺が手を回した。警視庁の捜査課第六班に配属だ」

言葉が出ず、桜井は固まった。

所轄の捜査員が、なんらかの能力を買われて警視庁に引っ張られることがあるとは、聞いている。しかしまさか自分がその対象になるとは思わなかったし、入院中、当人がまったく聞かされないうちに異動がすんでいるとは、思いもよらなかった。さっき一瞬、東條と離ればなれになると思って寂寥を感じたが、あれは単なる気の迷いだ。――そのはずだ。

「な、なんで……？　聞いていません、そんなの！」

「異動命令はそういうものだ。いちいち本人にお伺いを立ててから辞令を出すわけがない。俺と同じ捜査班だ。直属の部下扱いで引き回してやる」

「そんな無茶な……っ!!」

東條が眉をひそめる。

「いやなのか？　俺に引っ張られて、直属になるのは嬉《うれ》しくないか」

「と、当然……いえ、その、話が急すぎます！」

「ごまかすな。今、『当然』と言いかけただろう。要するに、いやなんだな？」

はっきり聞かれていたようだ。雷が落ちると覚悟して、桜井は身をすくめた。しかし、

「それならいい。慕《した》われていたら厄介だと思っていたところだ。……楽しめる」

「!?」

言葉が終わらないうちに、足を引っかけてすくわれた。桜井はソファにひっくり返った。

（え、え？　何？　なんで？　何が……って、ちょっ……!!）

わけがわからずうろたえている間に、うつ伏せにされて利き腕を背中へねじ上げられた。東

条の片手が喉元に回り、桜井のネクタイを引き抜く。両手首を背後で縛られて、ようやく桜井は我に返った。

「やめてください！　言い間違えただけなのに、ここまでしなくてもいいはずです!!」

「言い間違い？　本心だろう」

「だとしても無茶苦茶です！　縛ってまで殴ろうなんて……!!」

「誰が殴ると言った。……ソファの上では狭いな」

東條はパソコンが載ったコーヒーテーブルを押しのけ、後ろ手に縛った桜井の体をソファから転がし落とした。

「いっ……」

側頭部を打った。ラグ一枚では大したクッションにはならなかった。桜井は呻いて、仰向けに転がった。反射的に頭をさすりたくなるが、縛られた手は動かせない。

東條の手が桜井の腰に伸びる。ベルトを外し、ズボンを下着ごと膝まで引き下ろした。

桜井の顔が燃え上がるように熱くなった。この前も見られて、足で踏みにじられたけれど、今は媚薬が効いていない分、恥ずかしさも一入《ひとしお》だ。縮み上がった肉茎を隠そうと、足をもぞもぞさせたが、衣服を引き下ろされているのではどうにもならない。

「な、なんなんですか!?　なんのつもりで……!!」

「以前お前がねだったことを、実行してやる」

「え、えっ……？」

ねだったことといえば、一つしか思い当たらない。媚薬によって発した『抱いてくれ』という言葉だ。けれどもあの時、東條は蔑みきった顔で拒否し、足で自分をいたぶった。

「おかしいです、そんなの‼　あの時の自分は、媚薬のせいでおかしくなっていたんです！　警部だって、する気はないと仰って……な、なのになぜ今になって、こんなことをなさるんですか！」

懸命に問いかけ、なじった。けれども返ってきたのは冷笑だ。

「抱いてくれとせがんでくる相手を抱くほど、味気なくてつまらないものはない。あれが媚薬のせいでよかった。せっかく目を付けて手元に置いていたのに、横取りされて淫乱な雌犬に成り下がったのでは意味がないからな」

「⁉」

目を付けていたとはどういう意味か。もしや最初から標的にされていたのか。

「体だけなら開発されてもいいが、気性まで調教済みになるのは困る。快感に押し流されて心が崩れていく過程を見るのが、楽しいんだ。コリンも最初のうちは必死な顔で拒否したから、どれほど楽しませてくれるかと思えば、すぐなじんでしまった。三度目にもなると積極的に上へ乗ってきて……興醒《きょうざ》めもいいところだ」

東條がコリンをフったのは、それだけの理由だったらしい。相手が乗り気になると興醒めするというのでは、東條にとって両思いの関係など成立しないのではなかろうか。

だがそんなことを案じている場合ではなかった。

「精一杯いやがってみせろよ、桜井。しかしネクタイでは雑すぎるな。もう少しいい物を用意してやるから、そこで待て」

　桜井を床に転がし、東條が部屋を出ていった。逃げるなら今のうちだろうが、後ろ手に縛られているし、足は中途半端にずり下ろされたズボンと下着が枷になっている。立ち上がろうともがく間に、東條が真っ赤なロープの束《たば》と裁ち鋏、プラスチックボトルなどを手にして戻ってきた。ロープやボトルはともかく、鋏が怖い。

「な、何を……」

「手を縛ったあとで上着を脱がせるには、切るしかないだろう」

　そう言うと東條は、桜井の服を遠慮なく切り始めた。研究所で犯された時と同じだ。あの時の恐怖と羞恥が蘇り、身がすくむ。その間に大きな裁ち鋏は、スーツ生地をコピー用紙のように簡単に裂いていった。裸に剥《む》かれていくのがわかっていても、暴れれば刃先が当たりそうで、抵抗できない。

「やめてください、他に服がないのに……!!」

「裸で帰れとは言わない、着替えの服はくれてやる。肩幅とか股下とか、多少はサイズが大きいだろうが、そのくらいは我慢しろ」

　布を切り裂く音に東條の声が重なる。いかにも楽しげなのが桜井の不安を煽った。

「ま、まさか、警部、本気で自分を……?」

「頭の悪い発言をするな。状況を見てわからないのか」

上半身を剝かれたあとは、ズボンとボクサーショーツを引き下ろされる。全裸にされたあとは、真っ赤なロープを手足や腰に巻きつけられる。懸命に抵抗を試みたが、体術《たいじゅつ》では東條の方が自分よりはるかに勝《まさ》っている。肘《ひじ》を押さえられたり、肩関節を決められたりして、まともに動けずにいる間に、雁字搦《がんじがら》めに縛られてしまった。

両腕は背中に回し、下半身はあぐらをかくような形にされた。性器も後孔も丸見えだ。この前は、自分が足に力をこめさえすれば腿を閉じ合わせることができたが、今度は大きく脚を開いたまま固定されている。

素人の桜井が見ても、相当慣れていると思わせられる縛り方だった。

「な、なんなんですか！　だいたい、なぜこんなロープとか枷とか持ってるんですか⁉」

「趣味かな」

どうしてこの前、気づかなかったのだろう。赤い綿ロープといい枷といい、普通の人は使わない。東條は、そういう趣味の持ち主だったのだ。

「冗談が過ぎます、警部！　外してください‼」

「馬鹿だな、お前は。頼まれてほどくぐらいなら、こんな面倒な縛りをするものか」

「こんなの、おかしいです！　男同士で、しかも上司と部下で……普通じゃありません！」

「普通、か」

東條が奇妙な笑みを浮かべた。

「俺には普通の人間としての感覚が欠けているらしい。身内も俺に似たような性格ばかりで、学校や職場でよく耳にする『普通』がわからない。人間社会の中で大多数を占める『普通』がわからないと、適応することも利用することも上に立つこともできない。どんなものか理解したくて、『普通』の奴と付き合ってみても、俺のそばにいるうちになぜか皆、俺に染まって『普通』でなくなっていく」

そういえば、以前にも『普通がわからない』と呟いていた。東條が自分を指名して組んだのは、自分の普通さに興味を持ったからだったのだろうか。

当惑する桜井の前で、東條はボトルの中身を手にこぼした。とろみのある液体だった。

「何、を……」

「潤滑油だ。慣らさないと入りにくいだろうからな。こっちも摩擦で痛い」

言いながら、東條が手にこぼしたオイルを、後孔に塗り付けてくる。細かい襞の一筋一筋に塗り込むように、丁寧に指の腹で撫でる。

「う、嘘っ……そんな、本気で……あぁっ⁉　くうぅっ‼」

桜井の背中が大きくそりかえった。指が後孔をこじ開けて、押し入ってくる。

本来、外からの侵入を受け入れる場所ではない。それでも自分は今までに何度も経験させられた。触手にも押し入られたし、卵を産み付けられもした。輪姦もされた。しかし何度目であろうとも、慣れない。違和感と圧迫感に息が詰まる。

「息を吐《は》いて体の力を抜け」

「や、ぁっ……苦し、ぃ、抜いて……うぅっ！」

指はすぐ抜けていった。けれどもまたオイルをたっぷり載せて入ってくる。内壁にまんべんなく塗り広げるような動かし方をされるうち、指がある一点に触れた。

「……ふぁっ⁉」

桜井の口から力の抜けた喘ぎがこぼれた。慌ててこらえようとしたけれど、指が往復してその場所をこすり、押す。後孔から浅い場所にあるしこりだ。

決して強い力ではない。それが逆に、心地よい刺激となる。

「ぁは、ぅ……んっ……な、何……？　こんなっ……」

「前立腺《ぜんりつせん》だ。知らないのか？」

「……っ……」

名前は聞いたことがある。性感マッサージなどで、後孔に指を入れられて愛撫されると、普通では感じないような凄《すさ》まじい快感を得られるのだという。だが実際にそこを狙って責められるのは初めてだ。

以前輪姦された時に、もう少しで違和感が快感に変わるというような、異様な感覚を覚えたことはあった。おそらく自分を犯す牡が偶然そこに触れたのだろう。

だがこんなにもはっきりと感じたことはない。

「やっ、そこ、やめ……あぅっ！　ひぁあっ‼」

「そんな大声を出すほど気持ちいいのか。感じやすい体だな」

「ち、違いま、す……感じて、なんか……ぁひっ！」

懸命に首を横に振ったけれど、自分自身でもわかっている。指があの場所をゆるく押した瞬間、全身に電流が走る。拘束されていなければ、激しい刺激に耐えかねて足が宙を蹴《け》ったに違いない。何よりも、体の中心に熱が集まり、硬く昂り始めている。

東條が桜井の股間へ視線を向け、薄笑いを浮かべた。

「半勃ちになっていて、よく言う。男のくせに男に指を入れられて勃つなんて、どうしようもなく恥知らずな体だ。そうは思わないか」

「そ、そんなこと仰る、警部こそ、どうなんですか……‼」

たまりかねて、桜井は喘ぎの合間に反論した。今も東條の指は自分の中で淫らに動き続けている。それなのに自分だけが非難されるのは筋が通らない。

「警部が……自分を拘束して、そんな、いやらしいことをするから……っ」

必死に反論したが、自分を犯す指の動きがやむ気配はない。東條は笑みを深め、あいた手で桜井の右乳首を強くつまんだ。

「あぁぁっ！」

「ヒラ巡査の分際で、警部に向かって言うことか？　お前には、上下関係というものをきっちり教え込まねばならないらしい」

やたらに楽しそうな顔で、東條は桜井の胸へ手を伸ばした。

「そ、それとこれとは……ん、くぅ！」

乳首を強くひねり上げられた。ちぎれるかと思うほどの痛みに、桜井は言葉を途切れさせてのけぞった。東條が胸に顔を伏せ、もう片方の乳首を舌で嬲り始める。

「やめて、くだ、さ……は、ぅっ！　ぁ、ひぃっ……!!」

押しつぶされる痛み。舐め回され、吸われる心地よさ。けれど一転して強く噛まれると、つらい。それなのに後孔へオイルを塗り込む指は、一番敏感なしこりを繰り返し刺激してくる。痛みと快感の波状攻撃に翻弄される。

縛られた不自由な体を何度もびくびくと跳ねさせて、桜井は喘ぎ続けた。

「あ、あぁっ……ぅ……い、や……」

「いや？　上司に反抗する気か？」

少し前に東條が言った台詞が、桜井の脳裏をよぎった。

『抱いてくれとせがんでくる相手を抱くほど、味気なくてつまらないものはない』

東條はいやがる相手を屈服させるのを好むらしい。だから自分が今、反抗するのをやめて快感に身をゆだね、もっと触れてほしいと懇願すれば、東條は興醒めして自分を犯すのをやめてくれるのかも知れない。けれど、

（そんなの、言えるわけないじゃないかっ……）

媚薬に冒されていたあの時とは違う。自分は同性愛者ではないし、東條に恋愛感情など持ってはいない。まして、こんなふうに拘束されて玩弄《がんろう》されているのに愛撫をねだったりしたら、本物の色情狂のようだ。

「や、やめて、くださいっ……こんなの、おかしいです……」

「おかしいと言いながら、反応しているこの体はなんだ？　乳首は完全に勃っているし、ここもそうじゃないのか？」

「あぅっ!!」

乳首を弄《もてあそ》んでいた手が桜井の下半身へと動き、昂りをつかんだ。竿をしごき上げ、丸い先端を包み込むように握る。

「ここは触られていなかったくせに、完全に勃起《ぼっき》か。しかも先走りまで出して」

「やっ……あ、ぁあ！」

先端をこねるようにいじられ、肉茎がびくびくと震えるのがわかった。先走りがとめどなくあふれ出す。こぼれた涙が、悔しいからか気持ちいいからか、自分でもわからない。

「いや、だ……こんな、の、いや……」

「お前は面白いな、桜井。感じやすい体だし、頼りない性格に見えるのに、なかなか堕《お》ちない。そういえば、研究所でこんなふうに責められて捜査状況を聞かれた時も、『知らない』で押し通したそうじゃないか。褒めてやる」

「……っ……」

桜井の心臓が、どくんと一際大きな音をたてた。ずっと自分を馬鹿にし続けていた東條に、褒められたのが信じられなかった。

（な、なんなんだ……？　どうして、こんなことで動揺してるんだ）

縛られて犯されようとしているのに、たかが言葉一つでなぜ気持ちが揺れてしまうのか。

（しっかりしろ！　警部なんか、最悪の人でなしじゃないか！）

動揺する自分を叱りつける。けれども認められたと感じて揺れた気持ちも、東條に心を許してはいけないと思う心も、次の瞬間には体からの快感に飲み込まれてしまう。中に侵入した指が、執拗に前立腺を責めている。

肉茎をいじられる快感は、自慰《じい》行為でよく知っているものと同じだけれど、前立腺から伝わる感覚は、今まで味わったことがない。まったく種類が違う。

その二つがミックスされ、肌に食い込む縄《なわ》の痛みと相まって、異様に桜井を昂らせる。

「あっ、ぁ、あ……もぅ、許し、て……ひぁっ！　あぁ!!」

「お前を喜ばせたくてやっているわけじゃないぞ」

「よ、喜んで、なんか……ぁ、はぁっ……」

否定しようにも、前立腺を押されるたびに甘い声がこぼれてしまう。東條が小さく笑った。

「まだ、堕ちないか。……こうでなくてはな。俺が楽しめない」

「あ、はぅ……」

桜井は大きく喘いだ。指が抜けていったせいだ。またすぐ潤滑剤を塗り付けに入ってくるかと思ったが、その様子はない。どうしたのだろう、と思った時、問いかけられた。

「どうした？　ほしいならそう言え」

「違……ぅっ……違い、ます……」

本当は、物足りないと感じている。また指を入れて、快感を与えてほしい。そうでなければ、この昂りをどうにもできない。だがやはり恥ずかしさが勝って、正直に白状することはできなかった。

「そうやって無駄に強がるところが、お前の長所だ」

「……っ……」

大きな手が桜井の両腿をつかんだ。力が強くて、肉に食い込む指が痛い。東條の膝の上に、腰を引き上げられた。ズボンと下着をずらしただけで、脱いではいないらしい。服の生地が、腿に当たる。桜井から見える東條の上半身は、まだシャツを着たままだ。相手がほぼ普通の格好なのに、自分が全裸で縛られているという不釣《ふつ》り合《あ》いさが、屈辱感を強めた。

「あ……っ」

オイルにまみれ、前戯《ぜんぎ》でほぐされてほてりきった後孔に、熱く硬い物があてがわれた。後孔に触れた感じだけでも、指三本とは比較にならない太さだとわかった。

ぐっ、と襞の中心を押された。力を抜いた方が楽だと、今までの経験でわかっていても、つい緊張で身をこわばらせ、息を止めてしまう。

無意識の抵抗を力ずくで押し破り、熱い猛りが桜井の中へ侵入してきた。

「あっ……あぅうっ……!!」

粘膜が、限界まで引き伸ばされる。オイルのおかげで摩擦の抵抗感はないが、圧迫感はどうしようもなかった。大きすぎて、苦しい。

「くぅ、うっ！　い、痛いっ……もぅ……やめ、て……」

無意識に口からこぼれたのは、許しを請う言葉だ。だが返ってきたのは冷笑だった。

「やめるかどうかは俺が決める。お前に決定権はない」

「ぁ、ああ……っ」

もはや言葉もなく、桜井は喘ぎを絞り出した。

（は、入って、る……僕の、中に……警部の……）

コリンと交わっている時に見た、猛り立った警部の牡が脳裏をよぎる。あれが今、自分を刺し貫いているのだ。潤滑油で摩擦が弱まったとはいえ、押し広げられる粘膜の痛みまで消してくれるわけではない。粘膜の引きつりと、内臓を押し上げられるような圧迫感が桜井を苛む。

後孔からの感覚だけではなかった。東條の息遣いや自分の足をつかむ手の力、腿や腰に当たる素肌の体温を、はっきりと感じた。

（あいつも、こんなふうに感じてたのか……？）

東條の膝にまたがり、髪を振り乱してよがっていたコリンを思い出しかけて、あんな奴と自分を比べてどうするのだと、己《おのれ》を戒《いまし》める。しかしコリンの幻影は押しのけられても、自分を貫く東條を意識から追い払うことはできない。

輪姦された時以上に強く、『男に抱かれている』ことを思い知らされるのは、なぜだろう。

「や、やめ……苦し、ぃ……」

「おとなしくしていろ。すぐに届く。お前の感じる場所だ」

「……っ、あぁ！」

言葉のとおりだった。さっきまで指で嬲られ開発された前立腺を、東條の牡がこすりながら奥へ入ってくる。軽く押してはすぐに力をゆるめた指での責めと違い、延々とこすられて、桜井の背中が大きく反《そ》った。

「あああぁっ……!!」

熱い液体が、胸や顎にかかった。

この前も同じように、拘束されて責められて達したあげく、自分の顔や体に精液がかかった。あの時は水のような薄い液だったけれど、今はどろどろだ。青臭いにおいが鼻を突く。発した余韻で、何度も体が震えた。笑いを含んだ東條の声が聞こえた。

「思ったより早いな。三割ほど入っただけなのに、もう出たのか」

「……っ……」

まだ東條は自分の中に収まりきってはいなかったのか、と思い、さらに三割ほどという言葉の意味を理解して、気が遠くなる。自分より二回りぐらい大きいのは知っていたが、見てわかったつもりになるのと、体で味わうのではまったく違っていた。

「もぅ……許、し……」

かすれ声を絞り出したが、東條は気に留《と》めるふうもない。胸に飛んだ精液を指先で拭《ぬぐ》い、満足げに笑って桜井の唇に塗り付けた。

「この前と違って濃い。休養ですっかり回復したな。何回でもイけるだろう。……今日は俺が満足するまでは終わらないから、覚悟しておけ」

飛び散った桜井の精液を拭《ふ》きもせず、東條が腰を沈めてくる。灼けた太い鉄杭を打ち込まれるようだ。縄が食い込む痛みなどとは比較にならない。

「力を抜け。まだ半分しか入っていない」

「ま、まだ？　あぁっ……や……苦、し……っ」

苦痛に耐えかねて桜井が喘ぐたび、侵入が止まるのは、多少なりとも気遣ってくれているからだろうか。それとも緩急をつけて押し入ることで、前立腺への刺激に変化を付けているのか。

そのせいか、後孔の内側で味わう圧迫感は変わらないのに、前立腺から伝わる感覚に負けて、体の芯に再び熱が集まり始めていた。

「……根元まで入った。わかるか？」

「わ、わから、な……」

苦しくて、気持ちよくて、縄目が痛くて、もう何がなんだかわからない。東條が笑い、腰を揺すり上げ始めた。

「そのうち、いやでもわかるようになる」

「あぅ！　あっ、ぁ、あ……やっ、そこは、許し……はぅ！」

とぎれとぎれの悲鳴がこぼれた。

「お、お願、ぃ……です……動かさ、ない、で……あぁっ!!」

東條の動きは決して荒々しくない。研究所でコリンを抱くのを見た時にも思った。むしろ小さく緩い動かし方だと――だがそれが、異様に効く。牡が大きくて充溢感《じゅういつかん》が強いだけに、わずかな動きでも前立腺にまともに響く。感じてしまう。

(こんなの、おかしい……縛られて、レイプされて、気持ちよくなってるなんて)

縄で縛られているために、自分ではまったく動けず、突き上げの力を逃がすことができない。

ダイレクトに響いてくる。媚薬に酔っていた時以上の快感が、体を蝕《むしば》む。

(変だ、こんなの……警部にこんなことされて、感じてるなんて……)

自分で自分がわからない。

挿入したあとの東條は、腿と腰をつかまえて後孔を責めるだけで、他の場所には一切触れてこない。焦《じ》らすつもりなのだろうか。だが自分の肉茎は、触れられるかどうかには関係なく、後孔からのゆるい刺激だけで硬く熱く昂っていく。

後孔周辺に、東條の袋が当たるか当たらないかという程度に触れるたび、その場所から脳まで電流が走り抜け、足が攣《つ》りそうになる。

「あっ、ぁう、んっ……や、め……」

「いい顔だ、桜井。捜査中の拗《す》ねた顔もよかったが……こうして、芯から感じているくせに、いやがっている顔も……自分が、感じていることに戸惑う顔も、いい」

どのくらい責められていたのだろうか。気づけば、東條の息遣いが荒さを増していた。

「最初は、中で味わえ」

呼吸だけでなく、動きにも荒々しさが加わる。ただでさえ大きかった牡が、桜井の中で一層猛り立つ。別の生き物のように、びくびくと震えるのがわかった。

「えっ……ぁ、やぁっ！　待っ……‼」

「待てるか、馬鹿」

懇願を一蹴《いっしゅう》して、東條が桜井の体を強く引き寄せる。大量の熱い液が、中に流れ込んだ。

「あっ……う……」

桜井は喘いだ。自分を貫いたままの牡は、びくびくと震えながら、まだ精液を吐き出している。その熱さと量が、はっきりと『犯された』ことを桜井に教える。性行為を見たり見られたり、足で踏みにじられたりといった出来事とは次元が違う。

それなのにどうして、自分の肉茎は硬く熱く昂ったままなのだろう。ショックで萎えてもいいはずなのに。

「……あぁ……っ……」

東條の牡がずるりと抜けていくのを感じて、勝手に口から切ない喘ぎがこぼれてしまう。

（お、終わった？　でも僕は、まだ……）

霞んだ意識でぼんやりと思った時、床へ仰向けに転がっていた体を引き起こされた。自分の中に注ぎ込まれた液が、後孔からどろりと流れ出すのを感じて、息が詰まる。

「タイミングが合わなかったか。まあいい、無理に合わせることもない。お前がもたなくなるだろうからな」

「え……？」

もう終わったんじゃ——というより早く、ソファの上に抱え上げられた。

わずかな間に衣服を脱ぎ捨てたらしく、東條も全裸になっていた。背を向けさせる形で、自分の膝の上へ、拘束したままの桜井を抱え上げる。

「よく見ておけ。お前は、男に突っ込まれて中出しされて、喜んでいるんだ」

「……っ！」

桜井は息を呑んだ。昂ったままの肉茎を東條に握られたせいばかりではない。抱え上げられた桜井の真正面の壁には、大きな姿見があった。

「や、やめ、て……く……」

真正面から映った自分自身の恥ずかしい姿に、桜井の体が引きつる。衝撃が強すぎて、こぼれた声は弱かった。

もともと男としては色白なのがコンプレックスだった。首から上や腕は多少日に焼けているけれど、服に隠れる胸や腹、腿は白い。それが今は桜色にほてり、汗に濡れて光っていた。さんざん弄ばれた乳首はどちらも硬く勃ち上がり、普段よりも濃い色だ。その体に、真紅の縄がぎりぎりと食い込んでいる。

それだけでも卑猥《ひわい》な感じがして恥ずかしいのに、胸や鳩尾にはさっき自分がほとばしらせた精液が飛び散っている。ところどころは二人の体の間でこすれて塗り拡げられ、光っていた。

(こんな……こんな、恥ずかしい格好、させられてるんだ……)

その状態で、東條は桜井の脇と腿に手をかけ、持ち上げて宙に浮かせた。

腿と尻の間あたりに触れた熱さに、桜井はうろたえた。さっき自分の中に出したばかりなのに、もう回復しているのだろうか。

「やっ……け、警部、また……？」

「入れるところを見せてやるのは無理のようだな。まあ、入れたあとで体を傾ければ、お前の中に入っているのは映るだろう。だから少し待て」

「い、いやですっ……そんなの、見たく、な……ぁあっ！　ひ、ぁあぅ……!!」

　東條は巧みに桜井の後孔へと猛りをあてがい、体を支える手の力を抜いていく。重力に従って桜井の体は下へ降り、牡を呑み込み始めた。さっきまで貫かれてほぐれていたせいか、侵入は最初よりもはるかになめらかだった。

　完全につながったあと、東條は予告したとおりに桜井の体を傾け、後孔が鏡に映るように角度を調整した。

「見てみろ、お前の穴が何をくわえ込んでいるのか。……いやだとかやめてくださいとか言いながら、お前のここはますます元気じゃないか。涎まで垂らして」

　昂った肉茎を指先ではじかれ、桜井はのけぞった。

「や、ぁ……やめて、くださいっ。そんなん、じゃ……ぁ、はぅっ！」

「まだ強情を張るのか。……今度は手荒くいくぞ」

「ひっ！　やっ、やぁっ、そこ……あぅっ、痛いっ！」

　さっきの小さくて緩い動かし方とはまったく違う、荒々しい揺さぶり方をされて、桜井は泣き叫んだ。

涙でぼやけた目に、鏡に映った自分が見える。汗と涙と涎で顔中をべたべたに汚した、みっともない顔だ。桜色にほてった体に食い込む真紅のロープが、なんとも淫らだった。角度の加減で後孔までは鏡に映ってはいない。それでも東條に体を持ち上げられるたびに、逞《たくま》しい牡が自分の体に刺さっているのが見える。

そして自分の肉茎は、男に深々と貫かれているというのに、いつ暴発してもおかしくないほど膨張《ぼうちょう》して、先走りをこぼしていた。

「……っ！　ぁ、ああっ、う……‼」

突き上げる勢いの激しさに耐えきれず、がくがくと頭が揺れる。首が折れ、腰の骨がばらばらになってしまいそうだ。東條の手で上体を支えられていなかったら、ソファから転げ落ちたに違いない。

壊される——そんな恐れが心をよぎる。それなのに、想像するとむしろ甘美な気持ちに襲われるのはなぜだろう。

同性愛者ではないし、東條に対する恋愛感情もない。そのはずだ。

(な、ぜ……？　なぜ、この人に、こんな真似されて、僕は……？)

わからない。

「もぅ、許し、て……や、めて……」

「よく言う。本当は男に抱かれて嬉しいくせに」

「違……」

否定が東條を楽しませるのはわかっている。自分自身の体が反応しているのも、知っている。けれど『はい、そのとおりです。自分は喜んでいます』などと言えるわけはない。

「違い、ます。今だって、あの時だって……喜んで、なんか……」

「あの時？　研究所でのことか。つまらないことを思い出すな。俺が命じるまでは忘れていろ。二度と考えることは許さん」

吐き捨てる口調で東條が言う。無茶苦茶だ。自分でも思い出したいようなことではないけれど、あっさり忘れられるほど軽い出来事ではない。

「な、ん……そんな、勝手な……」

「忘れろと言っている。頭の記憶は、自力で封じろ。だが体に教え込まれたことは、そうもいかないだろう。だからもっと強烈な体験で上書きして消してしまえ」

「だ、だからって、こんなの……っ」

「過ぎたことを思い悩んでいられるほど、刑事の仕事は暇じゃない。お前が警察官を続けるつもりだと言うから、わざわざ手助けしてやっているんだぞ。……コリンが俺を恨んだ末のことじゃなかったら、いくらお前に興味を引かれたって、ここまでは」

「え……」

当惑し、桜井は首をねじって東條の顔を見た。ハッとしたように東條が口をつぐむ。

「警部、もしかして」

「黙れ」

強い口調で遮ったかと思うと、東條が荒々しく突き上げてくる。首をねじって視線を合わせていることなど、とてもできない。

「ひ……ぁああ！　こんな、やめっ……くぅっ！」

耐えきれずに桜井はほとばしらせた。

熱い。熱い。全身がほてりきって、火を噴きそうだ。

「イったのか？　まだまだだ、桜井。これからだぞ」

宣告する東條の声は、楽しげで、残酷《ざんこく》で——そのくせ、官能的だ。

意識がとろけていく。何も考えられなくなる。荒い息を吐きながら、桜井は縄で縛られた体を、ぐったりと東條の胸にもたせかけた。

エピローグ

どれほどの時間、責められ続けただろうか。はっきり意識が戻った時には、キングサイズのベッドに寝かされていた。隣に寝転がっているのは東條のようだ。こちらに背を向けているので、表情は見えない。

(僕、は……東條警部と……)

片腕を上げると、縄の痕が残っているのが見えた。夢でもなんでもない。後孔はまだ疼いているし、開き続けた腿の筋肉が痛い。

途中で何度も気を失ったため、記憶は断片的だ。縄をほどかれ、さまざまに体位を変えて貫かれたことや、自分がどんな格好をさせられているのか、すべて鏡で見せられたこと、感じてよがっている自分を言葉でいたぶられたこと、バスルームへ連れていかれて体を洗われたことなどを、断片的に覚えている。

(こんなことされて……普通の生活に戻れるんだろうか……)

肌に食い込む縄の感触や、鏡で見せられた東條に貫かれている自分自身の姿、飲み込まされた精液の味と粘り。汗のにおい。五感のすべてが、東條に関する記憶で占領されている。

何よりも、後孔を犯され肉茎を弄ばれて味わった快感が強すぎた。怪物の触手で犯された時も、そのあと輪姦された時にも達して射精したのに、東條に抱かれた感覚が肌や粘膜に染みついて、古い記憶をすっかり塗りつぶしてしまった。

忌まわしい体験は新しい記憶で上書きされて、消えはしないまでも、薄らいだ。それはいいが――東條に教え込まれたこの感覚は、どうすればいいのだろう。忘れられるのだろうか。

出会った時からさんざん振り回されて、救出されて、踏みにじって辱められて、少々変わったやり方ではあったが、『逃げるな』と叱咤《しった》されて、最後には襲われて――東條に出会ってからの日々は、ジェットコースター並みの急転回続きだ。

過去を振り返るうち、さっき抱かれていた時に東條が口走った言葉を思い出す。

(警部……もしかして、コリンが僕を拉致したのは自分のせいと思っているのか？)

コリンは最初から、自分が東條と組んでいることに嫉妬心むき出しだった。もし自分が別の刑事とペアを組んでいたら、拉致されなかったかも知れない。だとしたら、東條が責任を感じる可能性はある。あるけれども、

(責任の取り方がこれって……どう考えてもおかしい)

普通、輪姦された部下のトラウマを消すために、縄で縛ってレイプしたりはしない。

(……ああ、そうか。『普通』がわからないと、言ってたっけ)

聞き込み中に見せた、『普通などわからない』と呟いた時の、東條らしからぬ弱い声と、惑うような瞳――どこか弱気にさえ見えた。あれを思うと放っておけない気分になる。

(なんだろう……どうしたんだ？　警部みたいな変態の変人、近づかないのが一番なのに、放

ってけないなんて）

どうかしている、と自分でも思う。

溜息をついたら、東條が寝返りを打ってこちらを向いた。

「目が覚めたか」

返事をする気力も身を起こす体力もない。黙っていたら、東條が肘をついて上体を起こし、顔を覗き込んできた。

ぼんやりと考えていた時、東條の声がした。

「結構がんばったな。お前は俺の手元で仕込んでやる。……潰れるなよ。潰れたら捨てるぞ」

勝ち誇った口調がむかつく。これがもし耳障りなだみ声なら、聞く気にもならなかっただろうに、ついつい耳を傾けてしまう。

「捨てたきゃ、捨てれば、いいじゃないです、か……こんなの、警部が一方的、に……」

コリンではあるまいし、自分は東條にすがりついた覚えはない。以前一度抱いてくれとせがんだけれど、あれは媚薬に冒されていたせいだ。今回は、東條が一方的に自分を拘束して犯したのに、『捨てる』などと言われるのは筋が通らない。

東條の満足げな笑い声が聞こえた。

「その調子だ、桜井」

東條の声と息遣いが近づいてきた。唇を塞がれる。

（あ……）

舌が入ってくる。歯茎を舐められ、上下の歯の隙間を探られて、桜井は素直に口を開き、東條の舌を受け入れた。口蓋《こうがい》を軽く舐められて、体が震える。背筋がぞくぞくした。その時になって、男とキスをしたのはこれが初めてだと気がついた。

それなのに突き放そうという気が起こらない。疲れきっているせいか、それとも、

（魅入られたかな……？）

あの触手怪物より、もしかしたら東條の方がずっと厄介なモンスターかも知れない。逃げるチャンスがあったのに、自分はそばにいることを選んでしまった。

（好きなわけじゃないんだ……ないはず、なんだけど……）

東條に恋愛感情など、決して持っていないと思う。

ただ、滅多なことでは東條が見せない弱さを見てしまったら、もう放っておけないという気持ちと、東條のようなエキセントリックで身勝手な男についていけるのは、自分一人ではないのかという気持ちが消えない。

自分はすでに、東條と一緒の道を選んだのだ。

（いいか。モンスターでも、変人でも。ついていける間は、一緒に行こう）

そしていつか、負かしてみせる——刻みつけるように心に思い、桜井は東條の舌に自分の舌をからませた。

あとがき

こんにちは、矢城米花《やしろよねか》です。

ラヴァーズ文庫でお仕事をさせていただくのは、これが初めてです。今回、担当さんとあれこれ打ち合わせをしている間に出てきたキーワードは、触手、辱め、強姦、輪姦……当然ながら、今までの私の傾向そのものですね。

ただし異世界ファンタジーや海外物は、今回見送りということで、決まった路線は『現代物で、触手あり』でした。

それと私が今、『警察官が犯罪者にいたぶられる』シチュエーションに、興味ありあり。警察官と犯罪者って、かなりの下克上だと思うのです。しかもここに無理矢理の要素が加わると、たまらなく背徳的です。犯罪者が、取り締まる立場の警察官に対して暴行をくわえ、さらに警察官が意志に反して感じちゃったりするともう、背徳の極地。めっちゃ、そそられませんか？

そのシチュに、打ち合わせで決まった『触手』、『現代日本が舞台』を組み合わせてできあがったのが、この話です。

でも書いている途中でなぜか、『刑事が犯罪者にいたぶられる』シーンよりも、『刑事が警部にいじめられる』シーンの方が、多くなったような……多分これは、潜在的M気質の桜井《さくらい》と、顕在性ドS気質の東條《とうじょう》のせいでしょう。

しかしマイブームはいまだに続いているので、いずれまた何かの形で『警察官が犯罪者に、徹底的にいたぶられまくる』話を書いてみたいと思っています。

小山田《おやまだ》あみ先生、それぞれの個性が表れた東條、桜井、コリンをどうもありがとうございます。まだキャララフしか拝見していませんが、それでも、「この桜井と東條が、ああなってこうなって、コリンがこう絡んで……」と想像するとわくわくします。完成イラストを目にする日が、楽しみでたまりません。

そして担当T様、ファンタジー世界ではない触手物というテーマに私が行き詰まるたび、的確なアドバイスをくださって、ありがとうございました。

その他、この本の刊行に際してご尽力いただいたすべての方に、厚くお礼申し上げます。

何よりも、この本を手に取り、読んでくださった貴方に、心から感謝いたします。またどこかでお会いできますように。

矢城米花　拝

Lovers
GREED

魅入られた虜囚

ラヴァーズ文庫をお買い上げいただきありがとうございます。
この作品を読んでのご意見・ご感想をお聞かせください。
あて先は下記の通りです。

〒102−0072
東京都千代田区飯田橋2-7-3
(株)竹書房　ラヴァーズ文庫編集部
矢城米花先生係
小山田あみ先生係

2011年11月1日
初版第1刷発行

●著　者
矢城米花 ©YONEKA YASHIRO
●イラスト
小山田あみ ©AMI OYAMADA

●発行者　牧村康正
●発行所　株式会社　竹書房
〒102−0072
東京都千代田区飯田橋2-7-3
電話　03(3264)1576(代表)
　　　03(3234)6246(編集部)
振替　00170-2-179210
●ホームページ
http://www.takeshobo.co.jp

●印刷所　株式会社テンプリント
●本文デザイン　Creative·Sano·Japan

ISBN 978-4-8124-4736-9　C 0193

ラヴァーズ文庫
GREED
Lovers GREED
「どんなに抗おうと、お前は俺のモノになったんだよ」
華《はな》狩《が》り
~捕《ほ》食《しょく》者《しゃ》と夜《よる》の蝶《ちょう》~
ホストクラブ『leone《レオーネ》』の人気ホスト・志遠《しおん》は、ある犯罪組織の
不穏な取引を目撃してしまう。
捕まって殺されそうになっていた志遠を救ってくれたのは、
その犯罪組織と癒着している悪徳刑事の石神《いしがみ》だった。
「俺のものになれ。それが嫌なら舌でも噛み切って死んでしまえ」。
生きるためには石神の言いなりになるしか道はなかった。
石神は志遠をさんざん嬲ったあげく自宅にまで押しかけてきて…。
志遠につきまとう石神の思惑は一体!?
著 本《ほん》庄《じょう》咲《さ》貴《き》
画 國《くに》沢《さわ》智《とも》
好評発売中!!